edition suhrkamp 2236

W0264727

»Musik erfordert Geduld. Das ist was für Leute mit Charakter. Schreiben kann jeder.« Auch Andrzej Stasiuk wäre lieber Rockmusiker geworden als Schriftsteller. Daß es anders kam, verdanken wir der verwunschenen Trostlosigkeit Warschaus, dem Realismus Godots, den Talking Heads und Poeten wie Lou Reed oder Allen Ginsberg. Aber auch der Dauerrebellion gegen Eltern, Schule, Armee und Gesellschaft. Im Dezember 1980, als das Kriegsrecht in Polen verhängt wurde, kehrte Stasiuk nicht mehr in seine Kaserne zurück und landete im Gefängnis. Nach der Entlassung wurde er als Held des Widerstands gefeiert. Doch er war weder Pazifist noch Dissident – er hatte einfach keine Lust mehr.
Dieser Bildungsroman in ironischer Absicht bestätigt, was Stasiuk-Leser längst wissen: daß seine poetische Kraft sich nicht nur dem gefährlichen Leben, sondern seinem unverwandten Staunen über die Wirklichkeit verdankt.
Andrzej Stasiuk, 1960 geboren, Lyriker, Prosaist, Journalist und Drehbuchautor, wohnt seit 1986 in einem Bergdorf in den Beskiden. Auf deutsch erschienen »Der weiße Rabe« (1998) und »Die Welt hinter Dukla« (2000).

Foto: Claus Gretter

Andrzej Stasiuk

Wie ich Schriftsteller wurde

Versuch einer intellektuellen Autobiographie

Aus dem Polnischen
von Olaf Kühl

Suhrkamp

Die Originalausgabe erschien 1998 unter dem Titel
Jak zostałem pisarzem (próba autobiografii intelektualnej)

Die Übersetzung wurde gefördert vom Literarischen Colloquium Berlin mit Mitteln des Auswärtigen Amtes und der Senatsverwaltung für Wissenschaft, Forschung und Kultur Berlin.

edition suhrkamp 2236
Erste Auflage 2001
© Suhrkamp Verlag Frankfurt am Main 2001
Deutsche Erstausgabe
Alle Rechte vorbehalten, insbesondere das des öffentlichen Vortrags sowie der Übertragung durch Rundfunk und Fernsehen, auch einzelner Teile.
Kein Teil des Werkes darf in irgendeiner Form (durch Fotografie, Mikrofilm oder andere Verfahren) ohne schriftliche Genehmigung des Verlages reproduziert oder unter Verwendung elektronischer Systeme verarbeitet, vervielfältigt oder verbreitet werden.
Satz: Jung Crossmedia, Lahnau
Druck: Nomos Verlagsgesellschaft, Baden-Baden
Umschlag gestaltet nach einem Konzept von Willy Fleckhaus: Rolf Staudt
Printed in Germany

1 2 3 4 5 6 – 06 05 04 03 02 01

Teil Eins

Damals fuhr niemand Taxi, Mann, jedenfalls niemand von uns. Die Kutscher waren suspekt. Wenn man sechzehn ist, sind fast alle suspekt. Wir hatten ja auch keine Kohle. Wenn man keine Kohle hat, sind alle gleich suspekt, besonders die, die welche haben. Wir jedenfalls hatten keine. Man fuhr Bus und Straßenbahn. Die Straßenbahnen quietschten erbärmlich. Sie quietschten in den Kurven. Die erste war am Starzyński-Platz, wenn man aus der Stadtmitte kam. Sie bogen nach rechts ab und quietschten. Wenn man nach Praga fuhr, kam das verdammte Quietschen erst in der Ratuszowa. Aber dort konnte man aussteigen, da stand ein grüner Kiosk mit Bier. Man konnte nach rechts gehen, in den Zoo, sich Affen, Elefanten und Nilpferde ansehen. Bei den Nilpferden war man schon an der Danziger Brücke und konnte die Straßenbahn in die Stadtmitte erwischen. Man konnte auch zu Fuß auf die andere Seite und nach links durch den Park gehen, dann an der Geldfabrik vorbei, schon hatte man die Altstadt in der Nase, Mietshäuser, Straßenpflaster, elegante Modelle, und in der Pasieka kostete das Bier zehn Złoty. Niemand stellte Fragen. Wir sahen auch älter aus. Ist selten, daß man jünger aussieht. Wir jedenfalls nicht. Vielleicht waren die Kellnerinnen unmotiviert. Die Sache bleibt unklar. Die erste Telefonzelle stand an der Ecke Fret-, Kościelna-Straße. Sie war immer kaputt. Uns war das schnuppe, wen hätten wir schon anrufen können. In der *Bombonierka* spielte abends ein Typ am Flügel Vorkriegsschlager. Ciociosan gab's für zwanzig Złoty das Glas, Cola für zehn. Samstags gab es keine Sitzplätze, und es war hell wie beim Arzt. Und alle das gleiche: Cola, Ciociosan und Kuchen. Caro-Zigaretten hatten weiche, blaue Schachteln. Sie kosteten zwanzig Złoty. Kluby vier fünfzig. Ein ziemlicher Unterschied. Heute gibt's das nicht mehr. Am liebsten rauchten wir Extra Mocne ohne Filter, die waren am schädlichsten. Irgendwann waren sie plötzlich verschwunden, und wir mußten uns mit billigem Ersatz zufriedengeben. Solange es sie gab, kosteten sie glaube ich erst sechs fünfzig, dann zehn. Gelber Streifen, schwarze Buchstaben. Bis der Tabak herauskrümelte, waren sie dick wie ein kleiner Finger. Wir fanden, daß sie was von Gitanes hätten. Völliger Quatsch. Heute weiß ich das. Die Kościelna hätte man bis zur Weichsel hinuntergehen können, an der Marienkirche vorbei. Niemand kam auf die Idee, denn dort gab es nichts. Man ging immer geradeaus. Es wurde immer voller, die Menschenmenge brandete gegen den Barbakan. Das wirkte immer leicht erregend. Warum eigentlich? Wir alle pilgerten zwischen dem einen und dem anderen Markt hin und her. Unterwegs keinerlei Attraktionen, und manche machten das den lieben langen Tag. Immer in der Hoffnung, daß etwas passieren würde, aber es passierte gewöhnlich mehr oder weniger das gleiche. Wir trafen uns, das war's. Manche sind heute nicht mehr am Leben. Keine Ahnung, ob zum Beispiel Bobik noch lebt. Er war leicht übergeschnappt, da kann man schwer was sagen. Er trug glaube ich einen Schal und sah ganz passabel aus. Bißchen wie ein hübscher Deutscher. Bei den anderen bin ich mir auch nicht sicher. Man ging hin und her und wartete. Man saß und wartete, stand rum und wartete. Leicht monoton, diese Beschäftigung, aber niemand klagte über Langeweile. Auf dem Markt hingen wie üblich Gemälde aus, Maler in Sandalen paßten darauf auf. Manchmal fanden sie einen Dummen und gingen zum *Fukier*, einen trinken. Zum Aufpassen auf die Ware heuerten sie dann jemand an. Es waren Spitzengemälde. Sonnenuntergänge und -aufgänge, Segelschiffe, Pflanzen, Frauenfiguren und Altstadtansichten. Letztere gingen am besten, denn man konnte gleich vergleichen, ob alles stimmte. Die Deutschen nahmen immer ein paar auf einmal. Die Holländer kauften nichts, sie trugen meist selbst Sandalen, ähnelten den Malern und wußten, was gespielt wurde. Einmal hatte ich keine Zigaretten und ging zu einem Holländer. Er drehte eine aus Drum und schenkte sie mir. Das war meine erste Selbstgedrehte, sie schmeckte mir überhaupt nicht. Abends ging man zu Jajo. Dort brannten Kerzen, man durfte die Wände beschmieren und eigene Bänder abspielen. Das war unsere Vorstellung von Freiheit. Überall war es billig. Uns war das gar nicht bewußt. Manchmal kontrollierte die Miliz unsere Ausweise. Das war was. Sie kontrollierte nicht alle. Wenn man in Ruhe gelassen werden wollte, ging man die Celna hinauf zur Gnoja Góra. Dort konnte man eigentlich alles machen, nur nicht zu laut. Wir glaubten alles, was wir uns erzählten, und kamen nicht auf die Idee, irgend etwas zu überprüfen. Ich schreibe im Plural, denn ich mag keine intimen Geständnisse. Man ging die Brzozowa nach links und zum Barbakan. Abends saßen dort die Alkis. Unter der Brücke lagen eine Unmenge Plastikkorken von Alpaga und Bierkapseln. Wenn keine Alkis da waren, konnte man tun und lassen, was man wollte. Die Bullen kamen dort nicht vorbei. Es stank ein bißchen. Ich war mit mehreren Mädchen dort. Kein Grund zum Angeben. Alle gingen dorthin. Da stand eine Bank. Oben gingen japanische Touristen vorbei und lächelten. Die nahm damals niemand für voll. Uns imponierten Amerikaner und Engländer. Franzosen schon weniger. Die hatten nur Jean-Michel Jarre, aber nicht jeder stand auf Oxygene. Ehrlich gesagt, fast niemand. Wir lebten wie Tiere. In Rudeln. Manche sahen aus wie die letzten Idioten. Das störte niemanden. Manche waren dumm wie Bohnenstroh. Niemand machte ihnen einen Vorwurf. Ich nehme an, das wird niemals wieder so sein. Lange Haare, miese Zigaretten. Man hörte Pink Floyd, die Sex Pistols kannte damals noch niemand. Sie spielten für sich, nicht für uns. Wären sie in der *Piwna* aufgetaucht, wir hätten sie bestimmt rausgeschmissen. Diese Sicherheitsnadeln, zerrissenen Hemden und Jeans. Auch wir trugen abgewetzte Wrangler. Zerrissen, aber geflickt. Flicken auf Flicken. Einer über dem anderen. So dick, daß im Sommer die Hitze unerträglich wurde. Vermutlich stanken wir etwas. Aber wenn man jung ist, riecht man nicht so. Stinken tut man später, später muß man sich öfter waschen aus Angst vor Bakterien und anderen Leuten. Ja, 1977 hätten wir Rotten einen Tritt gegeben. Er hätte keine Chance gehabt. Manche hörten Slades, gaben es aber nicht zu. Ich auch, aber ich tat so, als hörte ich nur Pink Floyd, Hendrix und Joplin. Wir aßen Brot und spülten mit Milch nach. In New York sang Nico mit Velvet Underground, aber uns kümmerte das einen Dreck. Wir hatten keine Ahnung. Es mußte lang, langweilig und seriös klingen. Fünf Minuten Gitarrensolo befriedigten uns nicht. Am besten waren zehn – auf dem Schlagzeug. Wie Piotrowski mit Apostolis auf dem Tennisplatz der Legia. Das Publikum tobte, dabei gab das alles zusammen, genau besehen, überhaupt keinen Sinn. Sie spielten einfach um die Wette. Die Mädchen waren genau so abgerissen wie wir. Kaum zu unterscheiden. Besonders von hinten. Sie trugen Hosen. Die platzten am Hintern auf. Da wurde dann was draufgenäht. Am besten die amerikanische Flagge. Die nächste Generation nahm die englische. Niemand nähte sich die französische drauf. Von der deutschen ganz zu schweigen. Deutschland war überhaupt kein Land. Daran dachte niemand. Erst später, als einige auf Arbeit fuhren. Ja, aber das war schon eine ganze Ecke später. Schon mit Rotten und all den anderen. Auf die Krakowskie ging man nicht, wozu auch. Zum Schloßplatz und zurück. Manchmal zur Abwechslung die Kanonia zurück und die Jezuicka unter den Fenstern der Kommandantur vorbei. Wir trugen nachgemachte Adidas und Boots. Oder Wildlederschuhe. Ja, Wildleder, vor allem Wildleder. Beige, weich, mit vier Schnürlöchern. Es ging wohl um Pazifismus, Sanftheit, so was, obwohl manche auch mal zuschlugen. Mit so einem Wildlederschuh konnte man einem sehr gut eins überbraten. Wenn es regnete, wurden sie völlig unbrauchbar. Überhaupt, wenn es regnete, mußte man irgendwo unterkommen. Die Kellnerinnen mochten das nicht, obwohl die Kneipen staatlich waren und die Frauen ihr Gehalt hatten. Hätten wir ein bißchen normaler ausgesehen, hätten wir's leichter gehabt, aber die Jugend akzeptiert keine Kompromisse, und am Ende flogen wir aus jeder Kneipe raus. Dieser Jasio zum Beispiel – zu der Zeit müssen ihn alle für verrückt gehalten haben. Selbst heute würden die Leute sich nach ihm umdrehen. Er kam aus irgendeinem Dorf bei Lublin und lief mit der Heiligen Schrift rum. Wir hatten keine Bedenken. Erst später stellte sich heraus, daß er uns wirklich zu einer Art verrücktem Puritanismus bekehren wollte. Der Charles Manson vom polnischen Dorf. Er quatschte unentwegt von der Liebe. Wir nahmen das wörtlich und begriffen zu spät, daß es sich um ein Mißverständnis handelte. Er gab uns irgendwelche biblische Namen. Ja, er hatte was von einem Apostel, nur daß er sich die falsche Zeit und den falschen Ort ausgesucht hatte. Wir waren ungeeignet. Er hätte sehr gut irgendwo den heiligen Paulus spielen können. Es machte ihn wahnsinnig, wenn die Mädchen sich den Jungs auf den Schoß setzten. Verdammt schwarz, verdammt bärtig, und muskulös wie ein Schmied. Angelo, sein treuester Jünger, lief ihm nach. So muß der heilige Johannes ausgesehen haben. Blond, bartlos, abwesender Blick, still wie ein Irrer, der jeden Moment ausrasten kann. Sie kamen glaube ich aus demselben Dorf. Beide hatten den harten, kräftigen Händedruck von Bauern. Nicht ausgeschlossen, daß der Herr sie unter uns gesandt hat, nur haben sie nicht viel ausrichten können. Sie hatten keine Ahnung von Pink Floyd oder Janis Joplin. Angelo trug eine Flöte im Brotbeutel und spielte gern irgendwelche traurigen Hirtenmelodien. Wahrscheinlich selbst erfundene. Ich hatte eine Jeansjacke mit abgeschnittenen Ärmeln, verstand nichts, aber mir gefiel alles. Ich schmiß die Schule. Die Straßenbahn fuhr an der Haltestelle los, nahm Schwung und kreischte wie ein startender Düsenjäger. Die Hälfte der Jungs aus der Klasse trug gebügelte Hosen und plumpe Ranzen für vierhundertfünfzig Złoty das Stück. Alle schwarz. Wie die ersten Autos von Ford. Die Anfänge der Eleganz sind immer bescheiden. Die Ranzen waren aus hartem Plastik. Man konnte Karten darauf spielen. Wie auf einem Tisch. Ich hatte nie einen Ranzen. Wäre mir nie eingefallen. Ich war ein Outsider. Als erster auf der Schule habe ich mir die Haare abgeschnitten. 1977. Im Suff. In der Badewanne. Meine Mutter war verzweifelt. Als erster und letzter, denn ich weiß nicht, ob nach mir noch jemand auf diese blöde Idee kam. Ich ging die Ząbkowska entlang, und die alten Gauner in den Haustoren sahen mir mitleidig und verständnisvoll nach. Als erster auf der Schule trug ich einen Ring im Ohr, aber ich verlor ihn bald, und es wuchs mir zu. Überhaupt hatten sie es auf der Schule schwer mit mir. Als ich wegblieb, müssen sie aufgeatmet haben. Der Direktor hieß Libera. Er trug bäurische Koteletten und einen kornblumblauen Anzug. Vielleicht tue ich ihm unrecht, der Anzug kann auch veilchenblau gewesen sein. Jedenfalls brüllte er fürchterlich. Er war Sadist wie die meisten. Mich ließ das kalt. Ich stieg einfach nicht an der Haltestelle aus. Ich fuhr weiter. Ein paar Pauker waren okay, aber das ist noch kein Grund, gleich auszusteigen. Man sprang an der Międzyparkowa raus, gleich rein in die Zakroczymska, an den roten Mauern der Zitadelle entlang und weiter. Ich hatte eine blaue Schultertasche. Da paßten zehn Bier rein. Wir waren Idealisten. Es ging uns nicht um Kohle. Die gaben wir sofort aus. Wir kannten einen Trick, wenn es knapp wurde, gingen wir auf eine ältere, elegante Dame zu und erzählten ihr sehr höflich und schüchtern eine Geschichte, wir könnten die Rechnung im Café nicht bezahlen und die Mädchen säßen dort und warteten. Die Damen zückten im allgemeinen ihr Portemonnaie. Reine Psychologie. Für Brot hätte niemand was gegeben. Wir trugen Lederriemchen statt Armbänder. Die Jits trugen Silberkettchen mit Anhängern in Form von Rasierklingen. Modeerscheinung. Die Freundinnen der Jits hatten schwarze Samtbänder um den Hals. Aber das kann auch früher gewesen sein. 1974 oder 1975. Ungefähr zu der Zeit, als man Bananenröcke trug. Das ist lange her, vielleicht bringe ich auch was durcheinander. Natürlich las ich Wojaczek, und meine Mutter war entsetzt. Ich trank starken Tee und las bis zum Morgen. Kaffee war teuer damals. Bei uns zu Hause galt er als Luxus. Richtig kaffeeabhängig wurde ich zehn Jahre später. Aber ich will nicht vorgreifen. Ich erinnere mich nicht, was für Schuhe die Jits trugen. Vermutlich normale aus dem Laden. Skai-Schuhe. Wie ihre Väter. Allzuviel Phantasie hatten sie nicht. Konkrete Typen. Sie hörten in einem fort »House of the Rising Sun«. Spielten es sogar auf der Gitarre nach. Statt des Plektrons benutzten sie den Kamm. Eine Stilfrage. Sie waren leicht zu erkennen. Sie brauchten gar kein Knastmal zu tragen. In der Altstadt regierte Teufel. Groß, kraushaarig und nervös. Er hat nie irgendwem was getan. Er saß einfach mit Kollegen auf der Bank am Altmarkt und fachsimpelte über polnische Weine. Ich weiß nicht mal, ob er ein Knastmal hatte. Er trug Hemden vom Różycki-Basar. Die mit den regenbogenfarbenen Zickzackmustern. Wir hatten keinen Chef, nur Charismatiker. Wer weiß, woher das kam. Da tauchte jemand mit irgendwem auf, und schon wurde getuschelt: »Das ist der und der, weißt du? Was du nicht sagst! Ehrlich!« Und das saß dann. Der Typ brauchte gar nichts zu tun. Es genügte, daß er vorher nicht da war und aufgetaucht war und ein paar andere etwas über ihn wußten. Am besten wieder von anderen. Und er mußte nach was aussehen. Das war das schwierigste, denn abgefuckt sahen wir alle aus. Ich hatte nie die Geduld, mir wirklich lange Haare wachsen zu lassen, also toupierte ich sie. Ich hatte da eine schnelle und schmerzlose Methode. Überhaupt war Hendrix das Ideal. Bei den Jungs. Bei den Mädchen Joplin. Aber Napiór zum Beispiel tätowierte sich was, das die Joplin hatte, also war nicht alles so einfach. Als ich Napiór das erste Mal sah, trug er einen Poncho aus einer alten Decke. Alle um ihn rum tuschelten, also war er Charismatiker. Später freundeten wir uns an. Er schrieb Gedichte und war auf Entzug in Garwolin. Das imponierte mir. Ich besuchte ihn. Weiß der Teufel, wozu er dort saß, bestimmt nur, um seine Ruhe zu haben. Er malte. Reiner Tachismus, behauptete er. In der Tat. In Garwolin bekam er die Farben umsonst, und niemand motzte ihn an. In Garwolin gab es alles umsonst. Dort wollte ich auch immer mal hin, aber ich hatte nie genug Geduld. Ich besuchte nur Napiór, denn es lag auf der Strecke nach Kazimierz. Eine schöne Strecke. Damals war das die E-81. Kołbiel, Garwolin, Ryki, Kurów. In Kurów bog man nach Puławy ab. In Kurów ist General Jaruzelski geboren, aber damals hatten wir davon keinen Schimmer. Wir bogen einfach rechts ab, um so rasch wie möglich auf die Straße nach Kazimierz zu kommen. Der blaue Spiegel der Weichsel lag flach. Zu beiden Seiten der Straße wuchsen tausendjährige Bäume, und an allen Ecken gab es tiefe Brunnen mit eiskaltem Wasser. Lößhügel, Biegungen, Kurven, es wurde gleich wärmer. Alles reifte dort rascher, war größer, besser, süßer. Aber einmal nachts nahm uns niemand aus diesem beschissenen Kurów mit, wir gingen fast dreißig Kilometer zu Fuß und redeten pausenlos. Ich würde eine Menge dafür geben, wenn ich wüßte, worüber. Am frühen Morgen waren wir in

Kazimierz, die Bäckerei duftete. Sie duftete so, daß ich es nie vergessen werde. Der Bäcker gab uns zwei Brote. Wir konnten sie kaum halten, so heiß waren sie. Dann rief uns so ein Typ einfach zu sich rein, gab uns Kissen und Federbett und ließ uns in die Scheune aufs Heu. Wir müssen wie die leibhaftige Schlaflosigkeit ausgesehen haben. So war das. Die Laster fuhren damals langsamer, sie waren kleiner, und nicht jeder Fahrer hatte Radio, deshalb nahmen sie uns mit. Überhaupt waren die Autos schmutziger und gehörten dem Staat, deshalb scherte es niemanden. Heute können sie nicht anhalten, selbst wenn sie wollten. Ein Wahnsinnstempo. Alle haben es eilig, alle transportieren irgendwelche Waren und zittern vor Angst, jemand könnte ihnen was klauen. Früher war es überhaupt besser. Alle sagen das. Selbst wenn sie damals nicht dabei waren, wenn sie sich an nichts erinnern. Ja. Garwolin war gut. Danach kam Monar, das begeisterte niemanden mehr, niemand wollte unbedingt dorthin. Ich kaufte mir Jeans für zehn Dollar. Wallys. Keine Marke, aber mir gefielen sie. Ich glaube, im PEWEX in der Inżynierska. In der Nähe war ein privates Antiquariat, wo ein Typ im blauen Kittel alle Hefte von Kapitän Żbik hatte. Oder war der PEWEX an der Ecke Wileńska- und Konopacka? Gut möglich. Jedenfalls beneideten mich alle. Ich mochte die Atmosphäre im PEWEX. Eine elegante Welt. Die Zigaretten kosteten im allgemeinen fünfundvierzig Cent. Bastos gab's für fünfunddreißig. Man kam rein und war baff. Ein Wunderland. Wie in einem amerikanischen Film. Gordon, Walker, Napoleon, Spitzenhöschen, Frauen mit Dauerwelle, Männer in Leder. Man war eingeschüchtert wie Janko der Musikant. Einmal habe ich mir Philip Morris in Plastik gekauft. Sie hatten null Geschmack, aber die Schachtel trug ich einen Monat lang mit mir rum. Nicht ausgeschlossen, daß es anders war und ich die Schachtel von jemand bekommen habe. Schließlich schnallten sie es und warfen Napiór in Garwolin raus. Wir unterhielten uns viel. Hauptsächlich über Allen Ginsberg. Er las mir die Sonnenblumen-Sutra vor, und ich fühlte mich wie Jack Kerouac. Wir hatten total zerfledderte, unleserliche Fotokopien. Als ich das *Geheul* zum ersten Mal las, fuhr ich mit dem Bus H dreimal von Endhaltestelle zu Endhaltestelle, und das ist ein ganzes Ende. Von Dąbrówka nach Okęcie. Ich las und las. Zum Schluß hat mich der Fahrer rausgeschmissen. Ich muß mit mir selbst geredet haben. Das waren Zeiten. Vor der Poniatowskibrücke stiegen immer die Kontrolleure ein. Die längste Strecke, da konnten sie alle abklappern. Damals trugen sie noch Uniform und waren um die Fünfzig. Außerdem kamen sie paarweise – ein Typ und eine Frau. Man hatte eine Chance. In der Straßenbahn stiegen sie selten in den zweiten Waggon. Die Fahrkarte kostete einen Złoty die Tram, einen Złoty fünfzig der Bus und drei der Express. Der Nachtbus wohl auch drei. Ein Pfannkuchen kostete zwei Złoty. Grillwurst sieben fünfzig, Milch mit Silberkapsel zwei achtzig, glaube ich. Eigentlich die ganze Zeit. Im Morgengrauen standen vor den Geschäften Kästen mit Sahne, Kefir, Buttermilch, Quark, Kisten mit Brötchen und Brot. Damals redeten wir oft bis zum hellen Morgen, da ging das irgendwie. Niemand hungerte. Es sei denn, er wäre faul gewesen. Oder Langschläfer. Milch mit goldener Kapsel muß wohl drei zwanzig gekostet haben, aber ich kann mich irren. Jedenfalls normale Wurst so um die vierundvierzig Złoty. Aber uns ging's nicht um Fleisch. Uns ging's um die Freiheit. Deshalb spazierten wir soviel herum. Tage und Nächte. Und wir fuhren. Monatelang. Bis es richtig kalt wurde. Aber sogar dann versuchten wir es noch. Wenn nicht per Anhalter, dann schwarz mit dem Zug. Die Rechnungen gingen nach Hause. Dort waren wir immer seltener. Ja. Wir reisten wie die Irren. Poriomanie. In Złoczew haben wir mal zwölf Stunden gestanden. Das ganze Dorf kam gucken. Grochal war zwei Meter groß und brach in den kleinen Fiats immer den Radiodrehknopf ab. Beim Einsteigen paßte er auf, beim Aussteigen nicht mehr. Man stand ein paar Stunden und spuckte. Der Asphalt war so vollgerotzt, daß man ein Stück weitergehen mußte. Nachts bei Kutno nahm uns eine Frau mit, die uns rauswerfen wollte, als sie sah, daß Napiór kein Mädchen war. In Jastrzębia Góra schliefen wir in Filmkulissen am Strand. So eine Art Stonehenge aus Pappe und Holz. Man grub sich ein Loch und schlief in einem Megalit. Typen mit kleinen Eimern liefen von Strandloch zu Strandloch und schrien: »Gurken, Gurken aus Jastrzębia Góra!« Sie verkauften saure Gurken gegen den Kater. In Sopot schliefen wir auf dem Sand an der Mole. In Zakopane in Waggons auf einem Abstellgleis. Am einfachsten war es, nicht zu schlafen, sondern ununterbrochen zu fahren. Einmal sind wir sechzig Stunden non stop gefahren und hatten bei Słupsk schon Halluzinationen, ganz ohne Stoff. Wir kamen bis nach Czaplinek, ohne zu wissen, wozu. Vermutlich, um gleich wieder umzukehren. Wir kehrten immer um, um herauszufinden, ob nicht jemand gerade aufbrach. Manchmal fuhren wir durch Warschau durch, ohne anzuhalten, ohne auszusteigen. Einmal irgendwo bei Rzeszów schliefen wir an der Haltestelle und wurden morgens von Kindern mit Schulranzen geweckt. Wir begriffen, daß September war. Also fuhren wir nach Wrocław, weil wir glaubten, dort würde uns jemand Geld leihen. Aber Johnson war nicht zu Hause, im Empik war es auch leer, und wir mußten weiter fahren. Wir fuhren mit einem nagelneuen Berliet von Jelcz. Bis Łódź. Vielleicht auch ganz woandershin. Weiß der Geier. Die Zils hatten noch Benzinmotoren. Sie verbrauchten über dreißig auf hundert. 78 Oktan. Das blaue. In den STARs war es übler, denn der Kühlergrill heizte unterm Hintern. Es ist nicht gut, wenn man sich eine Woche nicht wäscht. Aber die Fahrer waren auch nicht die reinlichsten.

Sie boten uns Zigaretten an. Wir ihnen auch, wenn wir welche hatten. Uns plagte nach den grünen Äpfeln der Dünnschiß. Die Fixer hatten Verstopfung, die waren besser dran. Irgendwo bei Stalowa Wola schenkte ich Dorfkindern die Kopie einer deutschen Parabellum. Die machten vielleicht Augen. Bestimmt haben sie sich danach gestritten, wem sie gehört. In Radom zählten wir immer die letzten hundert Kilometer ab, obwohl das keinen Sinn hatte. Schließlich fuhren wir im Kreis. Sechsundsiebzig, siebenundsiebzig. Kaczkowski in der Trójka legte in einem fort Emerson und Yes auf. Das war fies. Er machte uns völlig alle. Er spielte diesen Scheiß und weichte unseren Charakter auf. Zu solcher Musik kann man nur Heroin nehmen. Bestimmt wußte er das nicht. Er hätte jemand fragen können. Metys zum Beispiel. Der verstand was davon. Er wohnte in der Koźla, das war um die Ecke. Er sah aus wie der junge Robert Redford. Wäre Iggy Pop dort reingekommen, wir hätten ihn in den Arsch getreten. Den Typen kannten wir nicht. Patti Smith hätten wir auch davongejagt. Was für Zeiten. Und diese New York Dolls. Verlorene Generation. Die Jugend sollte harte Musik hören, nicht dieses ganze Gedöns, dieses schwule Geklimper. Rick Wakeman im Nachthemd, wie ein Druide. Heimlich hörte ich Slades. Die Jits hörten sie auch. Jimmy Lea trug ein schwarzes Samtband. Wir gingen in ein Konzert von The Mud. Edelschmus. Aber sie spielten schnell, einfach und ohne nachzudenken. Es klang wie eine Parodie. Wir waren bei Muddy Waters, das war was. Wir waren bei Rory Gallagher, das war fast so gut wie Waters. Wenigstens damals. Kein Schmonzes. Ein Typ in Flanellhemd und Boots kam rein und legte los. Er nuckelte an einer Flasche. Womöglich Alkohol, wer weiß. Waters trank nichts dabei. Er brauchte das nicht. Das war der Unterschied. Wenn die Konzerte zu Ende waren, fuhr nichts mehr. Blieb nur der Nachtbus. 602, später 612. Umsteigen an der Wileńska. Die Penner zankten sich mit den Alkis. Eine Funkstreife aus der Cyryla kam und beruhigte sie. Wie alte Bekannte. Familienkrach. Niemand hatte Geld, keiner brauchte Angst zu haben. Der 612 fuhr bis ans Ende der Stadt. Nach Dąbrówka. Ruhige Strecke. In Dąbrówka war absolut nichts. Alle schliefen, um früh aufzustehen und zur FSO zu fahren. Die Koreaner gab's noch nicht. Man baute den Polonez und den großen Fiat. Jeder hatte eine Beschäftigung. Sie spendierten Mineralwasser, Saft, Milch und Malzkaffee. Sogar die Frauen aus dem Knast in Toledo, später aus Kamtschatka hatten eine Beschäftigung. Einmal haben sie einem Typen einen Schlauch mit Druckluft in den Hintern geschoben. Das hat er nicht überlebt. Ganz so wie mit den Fröschen, die man als Kind aufgeblasen hat. Wir wollten nicht zur FSO. Nicht wegen der Häftlingsfrauen. Wir wollten nirgendwo hin. Das war suspekt: ein, zwei Jahre im voraus zu wissen, wo man hingehen würde. Wir waren im Konzert von Dexter Gordon. Er trug eine karierte Jacke, schwankte ein bißchen auf der Bühne, spielte aber großartig. Eigentlich ein Weißer, aber man brauchte nur die Augen zuzumachen und konnte sich vorstellen, es sei Charlie Parker. Beim Trane war er eine Spur zu brav. Wir lasen Cortázar. Wie alle. Hätten was anderes lesen sollen. Cortázar war wie Wunschkonzert auf UKW. Für jeden etwas. Er verdarb uns den Charakter. Zu den Konzerten kamen die Ungarn. Alle hatten sie lange Haare und amerikanische Armyparkas. Da waren wir neidisch drauf. Auch die Deutschen kamen. Sie hatten deutsche Flaggen auf den Ärmeln aufgenäht. Wir wären nie darauf gekommen, uns die polnische aufzunähen. Das größte Gedränge gab es bei McLaughlin. Die Tür zur Kongreßhalle ging in den Arsch. Ordner gab es keine. Eine Handvoll Wachtmeister und ein paar Hauswarte. McLaughlin saß im weißen Hemd auf dem Sofa und spielte mit den Indern um die Wette. Nichts Besonderes. Ein Charismatiker mehr. Livin' Blues gab es im Zirkus in der Chłodna. Sie hatten einen Sänger namens Filipin. Das ging ganz schön ab. Fromm und ohne Komplexe. Ich saß direkt vor dem Baßlautsprecher und trug keine Schäden davon. Nicht die Hardware wie heute. Eintrittskarten kauften wir nie. Wovon wohl? Selbst wenn wir Geld hatten, gaben wir's lieber gleich am Eingang ab. Stilfrage. Aber meistens gaben wir nichts. Niemanden kümmerte das. Wenn es keine Extra Starken gab, rauchten wir Popularne. Es war Konsens, daß die Radomer Zigaretten die besten waren. Nach Jahren habe ich mich davon überzeugt, daß das nicht stimmt. Wein war leichter zu bekommen als Bier. Also tranken wir Wein. In den Mengen, in denen man Bier trinken sollte. Hat uns absolut nicht geschadet. Wir liebten das. In der Grenadierów-Straße war ein kleiner Laden, in dem man ihn noch warm bekommen konnte. Direkt von Warsowin in der Żelazna-Straße. Die Flaschen dampften in der Hand. Sie wurden in Holzkisten geliefert. Nicht so wie heute. Wir lasen *Alexis Sorbas* und Bakunin. Heiße Mischung. Im Winter machten wir Glühwein. Aber auch nicht immer. Meistens tranken wir ex. Irgendwas saß uns doch im Nacken, so frei wir auch waren. Bald ließen wir auch Emerson und die Floyds links liegen. Gerade noch rechtzeitig. Der Weg führte ins Nirgendwo. Genauso wie mit Cortázar. Wir witterten eine Falle, wie man sagt. Wir pfiffen auf das Wunschkonzert auf UKW. Einmal haben wir einen Milizionär verprügelt. Aber er war in Zivil und hat selbst angefangen, das zählt nicht richtig. Wir gingen zum Erlenwald in Grochów, auf den Ziegenberg, damit der Anblick von Müllhalden und vorbeifahrenden Zügen Trauer und Nostalgie in uns entfesselten. Wir hörten Dylan. Die Züge fuhren nach Lublin, nach Chełm, später vielleicht auch zu den Russen. Sibirien war schließlich größer als der mittlere Westen. Wir hörten Wyssozkij. In unseren Köpfen vermischte er sich mit Dylan, so wie Joan Baez sich mit Zhanna Bitschewska vermischte. Alles war besser als Floyd und Emerson. Wir lasen Faulkner und Dostojewski. Niemand las Stachura. Einzig und allein Napiór las ihn, aber der ging unterwegs irgendwo verloren. Mußte wohl tatsächlich zum Entzug. Er war immer ein Träumer gewesen. Wir legten Big Bill Broonzy und Leadbelly auf. Die Schwarzen waren konkret. Von Anfang an hätten wir die Schwarzen hören sollen. Null Illusionen. Wir wollten leben wie die Schwarzen. Wir fühlten uns wie Schwarze. Wir taten nichts. Wir hörten immer dieselben zehn Platten hintereinander und tranken abwechselnd Wein und Bier. Wir hörten abwechselnd Blues aus dem Delta und aus Chicago. Wir zogen durch die Straßen und traten nach Konservendosen, denn Bierdosen gab es damals noch nicht. Es gab sie schon, aber im PEWEX, und wenn jemand sie schon dort gekauft hatte, warf er die Dosen bestimmt nicht weg, sondern stellte sie zur Zierde und Erinnerung auf. Wir tranken, um am anderen Tag einen Kater zu haben. So stellten wir uns das Leben der Schwarzen vor. Wir hatten keine Ahnung, daß das Leben tatsächlich so aussieht. Gezapftes Bier kostete zehn. Polnische Platten fünfundsechzig. Mehr Preise aus dieser Zeit weiß ich nicht, aber ich kann immer noch »See see rider« und »John Henry« und »Take this hammer« pfeifen. Im Fernsehen liefen Serien, aber die guckte niemand. Nachrichten auch nicht, überhaupt nichts. Radio desgleichen. Wir wußten, daß es dort nichts gab. Den ganzen Tag Boney M., Africa Simon und Maryla Rodowicz. Im Fernsehen nichts. Höchstens Städteturnier und Zbigniew Wodecki. Wir rauchten Marihuana. Es wuchs an den Gleisen im Erlenwald. Wir hatten es bald über. War nicht die beste Sorte. Ein paar Jahre später hatte Fantomas aus diesem Wildwuchs ganz anständiges Zeug gezüchtet. Es trocknete in der Küche im Szembek, und seine Mutter tobte wegen des Drecks. Sie zankten sich ständig. Seine Mutter hatte gern

Ordnung in der Küche, wie jede Frau. Da rieselt ihr der Hanf in die Hühnerbrühe. Fantomas drohte ihr, wenn sie keine Ruhe gebe, werde er anfangen, Kompott zu produzieren. Niemand handelte damals mit Gras, aber es gab überall genug. Nur daß es nicht wirkte. Das waren Zeiten. Wyssozkij und 'n Joint. Die Bitschewska und 'ne Selbstgedrehte. Wir hatten keine Ahnung, daß es auch bei den Russen wuchs. In Afghanistan war noch Ruhe. Jeder war verliebt, aber niemand machte ein Aufhebens davon. Die Mädchen waren nicht scharf auf die Kumpel ihrer Freunde. Manche waren auch fiktiv. Das störte absolut nicht. Wichtig war ein Thema, Zeit hatten wir genug. Über fiktive Dinge läßt sich besser reden. Und man hat danach keine Gewissensbisse. Die Altstadt ließen wir links liegen. Irgendwann muß man erwachsen werden. Die dort spielten ständig Flöte und versteckten sich mit ihren Spritzen in den Hauseingängen. Wie die kleinen Kinder. Wir hörten Pete Seeger. Wir wußten nicht, daß er Kommunist war. Juraj las Kautsky, um zu erfahren, was gespielt wurde. Er stand damit ziemlich allein. Ich habe mal Marx versucht, aber er hat mich gelangweilt. Ich hatte ihn gekauft, weil er sehr dick und sehr billig war. Auch Lenin habe ich gekauft, aber das war totales Gewäsch. Kein Wort über das wirkliche Leben. Heute schwant mir, daß wir bekloppte Linksradikale waren. Besonders Dżojo, weil er aus einer reichen Familie kam. Sie hatten eine Villa mit Garten. Arbeiteten bei der Vertretung in der BRD. Dżojo fuhr öfter dorthin und saugte Ideale auf. Er las sogar Frankfurter Schule. Uns fehlte dazu die Geduld. Wir übersetzten uns lieber Dylan, so wie er uns paßte. Den Kapitalismus haßten wir. Amerika liebten wir. Ostas las *Früchte des Zorns* und weinte. Alles wegen Marcuse. Aber das erfuhr ich erst später. Wir rauchten eine nach der anderen und waren ziemlich runtergekommen. Nur Ostas nicht. Der war immer elegant. Er trug sogar einen Schnurrbart. Das war damals nicht peinlich. Kaum jemand erinnert sich an diese Zeiten. Wenn jemand sich nicht die Haare wachsen lassen wollte, ließ er sich einen Schnurrbart stehen. Mir wollte er nicht wachsen, außerdem rasierte ich mich gern. Das machte mir Spaß. Wir fuhren mit der Sechs nach Gocławek und gingen zu Fuß zurück. Die Melancholie der Peripherie umarmte uns wie die allerbeste Geliebte. Auf der Strecke lag das *Arizona*, da mußten wir aufpassen. In der Grochowski-Bar ließ es sich aushalten. Besonders sonntags, wenn auch anständige Leute kamen – manchmal sogar mit Kindern. Am angenehmsten war es in der *Zagłoba*. Niemand machte einen an. Der Wiatraczna-Platz war nicht weit, deshalb herrschte reger Verkehr, und niemand wußte, wer dazugehörte und wer fremd war, also riß niemand das Maul auf. Wir standen stundenlang bei einem Bier. Das war nicht in Ordnung, denn die Barfrau hatte für den ganzen Saal etwa fünfzehn Krüge und die Typen in der Schlange kochten, aber was sollten sie machen. Die Zeiten waren so. Immer fehlte etwas. Entweder Bier oder Krüge, oder Kohle. Wir dachten, das wäre normal und würde immer so sein. Wir wollten nichts ändern. Wir befaßten uns mit Ideen, nicht mit Gegenständen. In manchen Bars brachte man eine Milchflasche mit, damit kam man auch auf seine Kosten. Sogar besser, schließlich ist ein Liter mehr als ein halber. In der *Pokusa* zum Beispiel stand man manchmal eine Stunde in der Schlange, aber niemand machte Stunk, weil jeder einen Schluck trinken wollte. Dann machten sie aus der *Pokusa* eine Pizzeria, und kurz darauf flog sie in die Luft. Damals ging's ruhiger zu. Wenn man Ärger vermeiden wollte, wechselte man auf die andere Straßenseite, die Banden honorierten das im allgemeinen. Es gab Fälle, aber meistens von uns selbst verschuldet. Wer um Mitternacht sieben Typen, sagen wir in der Osowska, sieht und versucht, zwischen ihnen hindurchzugehen, und außerdem noch »Entschuldigung«

sagt, ist selbst schuld. Im Prinzip schützte uns jedoch der Instinkt der Vorstadtkinder. Wollten wir Komfort, fuhren wir ins Stadtzentrum. Zum Okrąglak. Dort ging es ganz ökumenisch zu. Ich habe das in einem meiner Bücher beschrieben. Man pißte überall hin. Man trat nur etwas zur Seite, das reichte. Der 102 hielt direkt vor der Kneipe. Damals verkehrten die Berliets. Sie hatten elegante rote Sitze. Die Hooligans zerschnitten sie immer, weil sie so zart und weich waren. In den Ikarussen gibt's das nicht. Ganz hinten in den Berliets schaukelte es schön. Wir guckten den Mädchen nach. Eine Haltestelle, und man war verliebt. Sie steigt aus, die Kontrolleure steigen ein, die Quittung geht nach Hause. Damals entwickelte meine Mutter ihre Briefträgerphobie, die sie heute noch hat. Krosbi hatte immer mehr Kohle und gab aus. Manchmal sogar eine Busfahrkarte, wenn wir in Ruhe reden wollten. Wir quatschten ununterbrochen. Wir konnten von Grochów bis zur Marszałkowska gehen und nicht einen Augenblick die Klappe halten. Man sollte annehmen, daß wir uns damals alles gesagt hätten, aber wenn wir uns heute treffen, geht es wieder los. Nur haben wir uns damals die wichtigsten Dinge gesagt, während wir heute eher zurückdenken. Ja, damals hat man weniger zurückgedacht. Höchstens an das, was gestern oder vorgestern war. So zur Information, um auf dem laufenden zu bleiben. Der hat dies getan, der jenes, meistens im Suff. Die reinsten Heldentaten. Jeden Abend passierte was. Heroismus und Action. Lyrik gestatteten wir uns nur selten. Meist dann, wenn es keine Zeugen gab. Die 21bis fuhr nur bis zur Wiatraczna. Auf der Linie 3 fuhren alte Wagen, solche klotzigen mit ewig offenen Türen. Der Fahrer saß auf einem hohen Holzschemel, wie an der Bar. In diesen altmodischen Straßenbahnen gab es altmodische Klingeln. Beim Losfahren läutete es dsing, dsing, dsing. Man konnte während der Fahrt auf- und abspringen, was nicht heißt, daß das erlaubt war. Damals war überhaupt schwer zu sagen, was erlaubt war und was nicht. Ein Paradies für Anarchisten. Heute darf man im Grunde alles, das ist auch nicht das Wahre. So wie früher wird es nie wieder sein. Ach ja, in diesen alten Straßenbahnen hatte der Fahrer solche Kurbeln vor sich, eine Art große Kaffeemühlen. Das sah furchtbar romantisch aus, wie im neunzehnten Jahrhundert. Die Kurbeln waren aus Messing und glänzten. Ich erinnere mich auch an die alten Jelcz' auf den weniger eleganten Strecken. Sie standen mit laufenden Motoren an den Endhaltestellen. Treibstoff gab es offenbar im Überfluß, gute Batterien nicht. Der beste Sitz war neben dem Fahrer. Ein Einzelplatz, und man war vom Rest abgeschirmt durch den Kühlergrill, der aussah wie eine umgedrehte Badewanne, dazu mit beigem Skai bezogen. Duchamp hätte sich nichts Besseres ausdenken können. Ja. Ich las die Surrealisten und sah sie mir an. Damals haute das voll rein. Besonders wenn es regnete. Weiß selbst nicht, weshalb. Vielleicht las man überhaupt weniger, wenn die Sonne schien? Krosbi verliebte sich, Juraj verliebte sich, Majeran verliebte sich, bei Fantomas und Dżojo bin ich mir nicht sicher. Auch ich verliebte mich. Irgendwann werde ich das beschreiben. Mit einem Wort, Melancholie. Vielleicht weil wir alle aus Praga waren. Dort lag der Osten in der Luft. Niemand aus der Innenstadt zog nach Praga, aber es mußte mit irgendwas bevölkert werden. Da nahm man die Söhne und Töchter Masowiens und Podlesiens. Früher brach der jüngste Sohn, wenn das väterliche Erbe nicht reichte, zum Kreuzzug ins Heilige Land auf, oder er wanderte nach Amerika aus. Nach dem Krieg hörte das auf, da wanderte man nach Praga. Aus Richtung Gocławek sah die Grochowska aus wie Węgrów oder Sokołów Podlaski. Daher diese Lyrik und Melancholie. Weiden, Flötenklang, Hirtenknabe, Kuh, Herbstnebel und Rauch über den Kartoffeläckern. Das nimmt man mit, auch wenn man

Levis trägt und Dead Kennedy hört. Aber die Kennedys hörten wir erst später, ebenso wie Snakefinger. Die Levis kamen auch etwas später. Obwohl, nein: Dżojo kann schon welche gehabt haben. Krosbi hatte wohl Wranglers. Im allgemeinen trug man Imitate. Auf dem Różycki-Basar gab es die im Überfluß. Aus der ganzen Welt. Das heißt, die Etiketten waren aus der ganzen Welt, also die Aufschriften darauf. Produziert wurde in Ząbki und Zielonka. Majeran hatte irgendwie so helle, deshalb waren sie ständig leicht versaut. Niemanden störte das. Wir waren keine Lackaffen. Das Aussehen war uns eigentlich scheißegal. Deos waren eher selten. Aber wenn man jung ist, stinkt man nicht so fürchterlich. Die Mädchen zivilisierten uns ein bißchen, aber es fiel ihnen nicht leicht, unser Kleidungsideal waren schließlich die Longjohns – solche Western-Overalls, T-Shirt zusammen mit langer Unterhose und einer Patte auf dem Hintern, zum Zuknöpfen. Na ja. Frankreich hatte keinen Einfluß auf uns. Wir liebten das plebejische Amerika. Vielleicht mit Ausnahme von Majeran, der manchmal Brassens sang. Aber er nervte damit nicht und tat es gewöhnlich auf ausdrücklichen Wunsch. Die Surrealisten rechne ich nicht mit, das war meine Privatsache, ich gab nicht damit an. Eines Tages fuhren wir mit Krosbi in die Bieszczaden. In Komańcza kauften wir uns ein Küchenmesser mit gelbem Plastikgriff, um überhaupt etwas für die Berge zu haben. Dann tauchten zwei Typen auf. Sie waren soeben aus dem Gefängnis in Lupków entlassen worden. Dort gab es so Steinbrüche. Sie gefielen uns sehr, und Krosbi wollte ihnen Leadbellys »Julian Johnson« spielen, bekanntlich war Leadbelly mehrfach vorbestraft, sogar ein Mörder, aber sie wollten in einem fort »House of the Rising Sun«. Also spielte Krosbi ihnen das. In der Aktentasche hatten sie bestimmt fünf Liter Wodka. Sie gossen uns ständig nach. Am Ende verlor Krosbi das Bewußtsein. Er saß da, spielte und kippte dann einfach nach hinten und blieb so. Ich kurz danach auch. Nur zur Seite. Ich rollte mich zusammen und murmelte »Mama, Mama«. Abends wachten wir auf. Die Zwangsarbeiter waren weg. Wir waren fertig und hatten keine Lust aufzustehen. Krosbis Ziehharmonika, eine echte Bluesharp, war futsch. Wir werden nie erfahren, ob die sie hatten mitgehen lassen. Am anderen Morgen gingen wir den roten Pfad. An der Osława entlang, dort wo der Fluß so eine Schleife macht, sahen wir einen Nackten. Er wusch sich. Dann begann es plötzlich wie blöd zu regnen. Wir gingen, rutschten aus, wälzten uns im Schlamm und waren begeistert. Wir schliefen in einer Baracke bei Baligród. Die Holzfäller sagten, wir sollten unser Entschuldigungsgequake lassen und uns hinlegen. Anständige Jungs. Haben uns nichts getan. In Baligród hob Krosbi Geld vom Sparbuch ab, und wir fuhren nach Masuren. Ich wollte ihm ein Hippie-Treffen in Zbiczno zeigen. Weiß selbst nicht. Waren wir vielleicht erst in Masuren? Jedenfalls, in Zbiczno haben sie uns das Zelt ruiniert. Es war so alt, daß ein reinfliegender Fußball uns ein scheunengroßes Loch riß. Wer wohl damit gespielt haben mochte? Die Hälfte war bekifft, die andere diskutierte über Liebe und Frieden. Wir liegen da, da fliegt uns plötzlich diese Pille durch die Leinwand. Love and peace, kann man nichts sagen. Wir waren sauer. Ich fuhr nicht mehr so darauf ab wie vor zwei Jahren. Ich fand allmählich Gefallen an Mädchen mit Stöckelschuhen. Dort sahen alle aus wie Indianersquaws aus dem »Blauen Soldaten« oder dem »Herbst der Cheyennes«. Ich hatte einen Doppelten gekippt, um meine Willenskraft auf die Probe zu stellen, aber wir brachen für alle Fälle gleich auf. Mit der Willenskraft ist das so eine Sache. Außerdem machten uns Ostküste und Bandwurmsoli, Flöten und Getrommel, Fransen und Rosenkranzkügelchen nicht mehr an, nicht einmal dies ganze »Hair« – höchstens vielleicht noch Morrison, aber dem stand das, genauso wie uns, bis zur Kante. Ja, ich erinnere mich. Von dort ging's in die Bieszczaden. Mit einem Żuk, der Staubsauger transportierte. Krosbi war schlau und saß im Fahrerhaus, ich hinten. Er klagte über seine Nieren und mußte alle fünf Minuten pinkeln. In Krosno waren wir auf einem Konzert der Woody Herman Big Band. Das war was. Ein Typ hielt mich für den Posaunisten. Ich sprach Polnisch mit ihm, er nur immer Klasse, Klasse, so was hätte er noch nie gehört. Das war auf dem Klo. Wir standen an den Pissoirs. Vorher hatten wir bei einer berühmten Person geschlafen, den Namen verrate ich nicht, denn dies ist keine Klatschspalte und kein Schlüsseltext. Diese berühmte Person hat uns Zugang zum Herman-Konzert verschafft und besitzt ein schönes Haus am San. Sie hat uns schmutzig und hungrig mitten in der Nacht aufgenommen. Werde ich nie vergessen. Wir aßen Brot mit Schmalz und Grieben, und dann zündete ich mir wie der letzte Rüpel eine Zigarette an, ohne zu fragen. Wir fuhren schwarz. Irgendwo mitten in Polen gelang es mir ein einziges Mal im Leben, auf dem Korridor sauber die zweite Stimme zu singen. Krosbi hat Augen gemacht. Ich habe das nie wieder getan. Die Musik erfordert Geduld. Das ist was für Leute mit Charakter. Schreiben kann jeder. Die meisten tun es, sie zeigen es nur nicht. Wir waren in Gołkówek, wo einmal dieser berühmte Vampir gewütet hat. Wir schliefen in sauberer Bettwäsche bei Krosbis Familie und fuhren weiter. Wir gerieten in bessere oder schlechtere Gesellschaft, je nachdem. Uns interessierte das Leben, Bücher eher weniger. Ich führte ein Tagebuch, in dem ich aufschrieb, wieviel ich an welchem Tag getrunken hatte. Schade, daß es verlorengegangen ist. Nicht ausgeschlossen, daß ich es wiederfinde, um mit den Mythen aufzuräumen. Die Mädchen kapierten überhaupt nicht, worum es uns ging. Wir kamen und laberten stundenlang, was uns gerade einfiel. Sie hielten uns für Idioten. Wir hätten sie ständig ins Café einladen sollen, statt dessen gingen wir dorthin, wo keine Frau sich hintraute. Auch wir hatten Angst, aber männliche Tugenden wie blinder Mut waren uns wichtiger. Unser heimliches Ideal war das Proletariat, nur hatten wir nie besondere Lust zu arbeiten. Die Intellektuellen konnten uns mal. Genauso wie die Schule. Krosbi hat wegen mir nie einen Abschluß gemacht, und ich wegen ihm. Wir trafen uns vor dem Tor vom Schulverband bei der FSO, und ab ging's. Wohin auch immer, ab durch die Pfütze, zum Hauptbahnhof, gucken, wie die Züge abfahren, zum Flughafen, gucken, wie die Flugzeuge starten, auf die Danziger Brücke, gucken, wie die Schiffe wegfahren, zur Straßenbahnendhaltestelle, gucken, wie die Achtzehn und die Zwölf losfahren. Unsere Alten müssen uns höllisch geliebt haben, keinen von uns setzten sie vor die Tür. Hätten sie tun sollen. Sie waren klug. Wir waren sowieso nie zu Hause. Wenn wir richtig eins auf die Mütze bekommen hatten, schliefen wir uns aus und aßen was. Ein bißchen gearbeitet wurde auch. Krosbi jagte Autos um die Versuchsstrecke bei FSO. Sie tranken einen halben Liter und veranstalteten Rennen mit den Fiats. Ich beneidete ihn. Bis heute ist er der einzige Fahrer, zu dem ich mich ohne Angst ins Auto setze. Ich arbeitete in der Fabrik für Kunstmöbel. Eine wenig romantische Beschäftigung, abgesehen von der Tatsache, daß dort allen ein oder zwei Finger fehlten. Ich legte Holzstücke in die Maschine, und auf der anderen Seite kamen sie gehobelt heraus. Angenehme Beschäftigung, nur laut. Der erste Lohn betrug 1800 Złoty. Ich fühlte mich als echter Mann und gab alles sofort aus. Weiß nicht, woher ich das hatte, denn mein Vater hat immer alles zu Hause abgeliefert. Ja, das war eine klasse Arbeit. Ich lernte verschiedene Holzarten zu unterscheiden, Birke, Esche, Buche, Mahagoni. Man legte die feuchten Bretter auf einen Wagen, und ab in die Trockenhalle, dort war es wie im Dschungel: stickig, heiß, und es roch nach Harz. Ich machte Parkett für das Ujazdowski-Schloß. Ich war stolz. Ich legte mich an Hobeln und Zuschneidemaschinen ins Zeug. Die alten Meister süffelten Wein hinter den Maschinen. Der Laden war über die Straße. Er steht noch heute da. So ein alleinstehendes Haus an der Ecke Modlińska und Mehoffer. Ich schaufelte Sägemehl. Nach zwei Monaten vergaß ich eines Tages hinzugehen. Ganz wie mit der Schule. Das heißt, ich wollte hinfahren, stieg aber nicht aus dem Bus aus, und es ergab sich so. Ich fuhr in den Zoo. Es war Herbst. Gold, Rot, Nilpferde, Elefanten, die Laute der Danziger Brücke – eines der schönsten Geräusche der Welt – und die Marienkirche am anderen Ufer des Flusses, über dem Nebel lag. Ich war nie ein guter Arbeiter. Krosbi war ein bißchen besser. Er hatte eine interessantere Arbeit. Die Bronzebären an der Świerczewski-Allee, der rötliche Turm des Hl. Florian, das seltsame Gefälle der Floriańska und die schwarzen Dächer der Krowia und Blaszana. Unter solchen Bedingungen konnte man nicht arbeiten. Oder der Geruch des Hafens von Praga. Die Leuten mußten blind sein, um all das nicht zu sehen. Man brauchte nur die Zamoyski langzuhüpfen, schon kam der Skaryszewski-Park und der Schokoladenduft von Wedel. Die PKS-Busse am Stadion waren ausnahmslos blau und trugen gelbe Embleme. Auf dem Kamionkowski-See paddelten die Kajaksportler, das Gesindel warf manchmal Flaschen nach ihnen. Deshalb hielten sie sich mehr in der Mitte. Hinter dem Zaun im grünen Stadion übten weißgekleidete Bogenschützinnen. An der Stanisław-August-Straße war ein Akkordeon-Reparaturbetrieb. Man ging und ging und konnte immer etwas sehen, konnte immer irgendwo abbiegen oder einen anderen Weg zurückgehen. In der Milchbar mit Namen »Frühling« aßen alte Frauen Reis mit Zucker und tranken Milch dazu. Das waren Zeiten. Die Tomatensuppe kostete zwei sechzig, die Gurkensuppe auch ungefähr so, und

Brot gab es unbegrenzt. Für einen Złoty fünfzig Kakao. Alle ließen einen in Ruhe. Man konnte sitzen und sitzen und durch die dampfbeschlagene Scheibe schauen, während aus der Küche die Gerüche von Eierkuchen, Champignonsoße und Pflanzenkoteletts zogen. Ich war frei und nicht hungrig. Wie in einem revolutionären Traum. Interessierte weise ich darauf hin, daß zwei sechzig damals eine mehr als lächerliche Summe war. Zwei Pfandflaschen, oder auch eine. Wenn ich nirgendwohin zurückwollte, schlief ich in der Waggonbetriebshalle am Erlenwald. Ich nahm immer erste Klasse. In der Frühe weckten mich die Putzfrauen. Nie habe ich ein böses Wort von ihnen gehört. Ich sagte »Guten Tag« und packte mich. Manchmal schlief Filip mit mir. Er kannte die Stadt wie seine Westentasche. Er war einen Meter fünfzig, trug Holzschuhe und kam immer irgendwie klar. Ich bewunderte ihn. Stoff konnte er sogar in der Ambulanz in der Nowowiejska besorgen. Kam man schwer vom Trip runter, besorgte er Haemineurin. Er kam immer an Kohle. Kannte alle. Spielte mit einem Finger auf der Gitarre, aber konnte singen wie Hooker. Ja, das war jemand. Angeblich ist er tot. Soll sich ein Cannabisöl gedröhnt haben, das nicht astrein war. Glaube ich irgendwie nicht. Ich glaube die ganze Zeit, daß er sich auch den Abgang irgendwie hätte besorgen können. Besser als er war nur Jacuś. Er brachte meine Mutter zu der Überzeugung, ich studierte am geistlichen Seminar. Sie hat das geglaubt. Er sprach Lateinisch. Über Chemie wußte er alles. Dürr wie ein Ausrufezeichen und ebenso schwarz. So eine Art Fixer-Mephistopheles. Das war keine Altstadt mehr, keine sendungsbewußten Minderjährigen mit Filzlocken à la Joplin. Jacuś war ein astreiner Profi. Wer ihm glaubte, war schon verloren. Ich mochte den Scheißer. Ein richtiger Desperado, der wußte, was er tat. Zum Glück ist er eines Tages verschwunden. Hätte Ärger geben können. Später habe ich ihn getroffen. Wir sahen uns fünf

Minuten lang. Er gab mir Kohle. Gab sie mir einfach ohne ein Wort und verschwand. Niemals habe ich dringender Kohle gebraucht als damals. Und keineswegs für was ihr jetzt denkt. Ganz was anderes. Weiß der Teufel, woher er das wußte. Das Leben ist seltsam. Na ja. Im Sommer war ich mit Krosbi unterwegs, im Winter mit Majeran. Nach Zakopane. Weiß eigentlich nicht, warum. Eines Abends standen wir auf und gingen zum Bahnhof. Jesus, das Zakopaner Schlachthaus. Acht Stunden im D-Zug stehend im Waschraum. Alle soffen. Der Schaffner traute sich nicht raus. Er wäre auch keine drei Schritt weit gekommen. Die Leute standen im Gang wie die Zigaretten in der Schachtel. Wenn sie keine Kraft hatten, rutschten sie runter und lagen da. Der Waschraum war Luxus. Das Scheißhaus desgleichen. Wenn es jemand nicht mehr aushielt, wurde er reingelassen. Aber erst, wenn er darum flehte. Auf ein einfaches »Bitte« reagierte niemand. Man pinkelte von weitem über Rucksäcke und Gepäck. Niemand regte sich auf. So waren die Zeiten. Wichtig war nur, anzukommen. Wie im revolutionären Rußland. Alles stank. Alle rauchten. Alle grölten wie die Reservisten. Winterferien. Auf einen Waggon kamen zehn Gitarren. Niemand konnte spielen. Alle sangen. So ungefähr bis Skarżysko, denn von da an verließen sie die Kräfte. Sie klappten zusammen. Die Hälfte schleppte Ski mit. Alles flog auf die Schnauze. Mitsamt den Stöcken. Bruderschaft pur. So wird es nie wieder sein. Die Züge sind zu schnell und zu geräumig. Alle sitzen und reden über Geld. Wir haben nie über Knete gesprochen. Wir hatten Wichtigeres. Eigentlich ist Knete ja auch Scheiße. Wir stritten bis zum Umfallen, aber nie über Sachen. Wir sprangen uns an die Gurgel, wer besser sei: Oscar Peterson oder Errol Garner. Einig wurden wir uns nie. Ja. Irgendwo bei Skarżysko habe ich gekotzt. Dann schlief ich im Stehen ein. Als ich aufwachte, war heller Tag. Keine schlechte Leistung. Vier Stunden strammstehen ohne Bewußtsein. Majeran hatte zwei neue Freundinnen. Er lud sie in unsern Waschraum ein, aber sie ekelten sich ein bißchen. Schließlich waren selbst damals nicht alle locker drauf. Ich mußte meinen Schal wegschmeißen. Er taugte zu nichts. Ich war nie zuvor in der Tatra gewesen. Für mich fuhren nur Snobs oder Milchgesichter aus gutem Hause in die Tatra. Wie üblich, lag die Wahrheit in der Mitte. Wir hatten keine Bleibe. Wir schliefen, wie es gerade kam. Einmal sogar im Schnee hinter irgendeiner Bude oder einem Kiosk. Ich frage mich, weshalb wir nicht erfroren sind. Wir haben jedenfalls alles dafür getan. Einmal geriet uns bei solchen Leuten der Glühwein in Brand. Sie schickten uns weg. Wir gingen zu den nächsten. Die sagten, wir sollten gar nicht erst reinkommen. Aber so schlimm war's auch nicht, am Ende klappte es doch irgendwo. Ein Zweimannzimmer, dort wohnten etwa zehn Personen. Alle aus gutem Hause. Wir tranken einfach und unterhielten uns. Auf dem Fensterbrett stand die Muttergottes. Jemand drehte sie zum Fenster, damit sie in die Berge guckte und nicht auf uns. Wir wohnten auch in Waggons auf einem Abstellgleis. Das war meine Idee. Ich hatte Routine darin. Oder ist Majeran darauf gekommen? Woher soll ich das wissen. Wir gingen auch ins Gebirge. Aber vorsichtig, damit uns nichts passierte. In den Bergen war es rutschig, gefährlich und voller Menschen. Wir zogen es vor, uns hinzusetzen und einfach zu gucken. Von weitem sahen sie sehr gut aus. Wir quatschten ununterbrochen. Wir setzten uns hin, wo gerade eine Aussicht war, holten den Wein raus und unterhielten uns. Wir hatten sehr unterschiedliche Charaktere, und es waren interessante Gespräche. Erinnern kann ich mich an keins. Man kann sich nicht an alle Gespräche erinnern. Sonst würde man durchdrehen. Verkalkung ist gut. Sie macht, daß man sich immer interessant findet. Vielleicht haben wir gedacht, der eine ist Pat Garret, der andere Billy the

Kid. Wer weiß. Aber wer war wer? Wir wollten beide Alexis Sorbas sein. Das sind einfache, aber wirksame Vorbilder. Ostas fuhr nicht mit uns, denn er arbeitete. Damals an der Spritzgußmaschine, glaube ich. Juraj auch nicht. Weiß der Teufel, warum. Vielleicht hatte er einfach keine Lust. So war er. Er saß und las Bakunin. Ja, Juraj war schon jemand. Kompromisse kannte der nicht. Als er später abhaute, ging er nicht ins beschissene Deutschland oder ins bäurische Amerika, sondern gleich nach Australien. Das verstehe ich. Keine Kindereien. Noch weiter weg war nur das grüne Neuseeland, die Maori und das ewige Weiß der Antarktis. Von dort kehrt man nicht zurück. Aus Amerika kann man immer zurückkommen und Wunder was erzählen, von Schuhen aus Schlangenhaut und Limonaden, die dreimal so sauer sind wie bei uns. Mit Australien greift so eine Nummer nicht. Und eines Tages ging ich zur Armee. Weiß selbst nicht, wie das kam. Ein Versehen irgendwie. Ich paßte nicht auf, und schon war's passiert. Zumindest konnte ich noch fünf Tage abknapsen. Natürlich durch die Kollegen. Ihnen habe ich es auch zu verdanken, daß ich überhaupt losgezogen bin, und am Ende brachten sie mich gnädig zum Bahnhof und setzten mich in den Zug, weil ich völlig willenlos geworden war. Fahren – nicht fahren, fahren – nicht fahren, ich konnte keinen klaren Gedanken fassen. Eine Träne, kein Rekrut. Fahren – nicht gut, bleiben – auch nicht viel besser. Ich hatte keine Lust, Mann. Schließlich war Frühlingsanfang, alles grün, warm, und ich ohne die geringste Aussicht, ein bißchen durchs Land zu reisen. Aber egal. Bin dann doch gefahren. Nur gut, daß ich nicht mit dieser Bande verschreckter Hirnfotzen fahren mußte, die den ganzen Weg soffen und einen Affen machten, als ginge es gegen Berlin, um dann vorm Kasernentor vor Angst zu schlottern. Ich hatte Zeit, »das allein zu durchleben«, wie es in dem Lied heißt. Als ich ausstieg, war es angenehm, sonnig und leer.

Dębica ist keine üble Stadt. Niemand bewachte mich. Die vor fünf Tagen hatte man einfach vom Zug auf Laster geladen, wie bei einer Razzia. Ich dagegen kam mit der Zigarette anspaziert, wie ein freier Mensch. Sie freuten sich sogar, als sie mich sahen, denn es macht immer Ärger, die Feldjäger loszuschicken. Zuerst versprachen sie mir eine Woche Arrest, haben es aber nie wahrgemacht. Früher muß das Wort eines Offiziers mehr gegolten haben. Aber ansonsten hat es mir ganz gut gefallen. Der Truppenteil 2265 machte einen angenehmen Eindruck. Gelbe Gebäude, rote Dachziegel, Türmchen und so weiter. Vor dem Krieg eine Kavalleriekaserne, jetzt Pionierbataillon. Ich hatte keinerlei Erwartungen, wurde also auch nicht enttäuscht. Sie stellten uns in Reihen und Kolonnen auf, gaben Befehle, und wir führten sie aus, Denken war nicht gefragt. Das ist schon mal ne Erleichterung. Auch sie dachten nicht gerade viel, deshalb lief alles ziemlich glatt. Korporal Bauch (ich kann nichts dafür ...) schaffte hundert Klimmzüge, und wir bewunderten ihn. Oberleutnant Sury traf mit der Kalaschnikow aus hundert Metern Entfernung zehnmal hintereinander den Betonpfahl des Zauns. Und das im Stehen, ohne jede Stütze. Auch ihn bewunderten wir. Unsere Bewunderung wuchs noch, als er während einer Hochwasseraktion ins Wasser fiel und gerettet werden mußte. Das war, als wir ein Weingeschäft evakuieren mußten. Wir zogen ihn raus, und er gab weiter Befehle. Wir bewunderten Wachtmeister Lenczewski, der so brüllte, daß alle dachten, gleich passiert ihm was, er fällt tot um, aber das tat er nie. Wir bewunderten unseren Bataillonsführer Major Maruszak dafür, daß er unser Führer war. Er brüllte auch, aber es galt eher den Offizieren. Im Sommer standen die Fenster des Stabquartiers auf, dann hörten wir es. Wir bewunderten unseren Kompanieführer Oberleutnant Bednarz, der genau so brüllen konnte wie Major Maruszak. Besser als er war nur Wachtmeister Lenczewski, von dem Oberleutnant Bednarz sagte, er liebe die Armee von Herzen, und das stimmte. Alle prophezeiten dem Wachtmeister Lenczewski eine militärische Karriere, und das bewahrheitete sich: Er ging nicht ins Zivilleben, sondern wurde Zugführer. Da war noch ein Unteroffizier, im Zivilleben Förster, und er mochte offensichtlich die Stille, denn er mußte sich zum Schreien regelrecht zwingen. Wir hatten dann Angst um ihn, weil er sehr rot wurde. Sogar ohne Schreien. Er wurde rot, sobald er uns nur irgendeinen Befehl geben mußte. Er war wohl ganz einfach schüchtern. Er tat uns leid. Korporal Bauch wurde nie rot. Das war ungerecht. Beim Eid stand ich in der ersten Reihe und mußte die Lippen bewegen. Ich tat es, aber lautlos. Für alle Fälle. Lieber ein reines Gewissen. Danach habe ich mich natürlich im Kreise der Familie und der Kollegen betrunken. Kaum waren Familie und Kollegen gegangen, scheuchten sie uns zur Strafe gleich zum Kartoffelschälen. Damit wir nicht überschnappten. Am meisten mochte ich das Wachestehen. Besonders nachts. Ich ließ die verdammte Kalaschnikow im Gebüsch und bummelte unterm Sternenzelt, träumte und dachte zurück. Wunderbare Augenblicke. Einmal hab ich was am Schwanz bekommen, die Frau Doktor hat mich untersucht, das war auch ganz angenehm. Nicht ganz so gut war Wachestehen mit Arrestanten. Man mußte aufpassen, daß kein Berufssoldat auftauchte. Die Arrestanten schliefen im Stroh, und man durfte sie nicht einfach ohne Grund wekken, dann wurden sie furchtbar wütend. Manchmal bekamen wir Alarm und mußten die ganze Nacht in einem Graben sitzen. Manchmal fuhren wir aufs Übungsgelände. Fünfzig Kilometer, und die Hälfte der Fahrzeuge kam nicht an. Ganz wie im Krieg. Auf dem Übungsgelände verkauften wir den Anwohnern Büchsenbrot als Geflügelkonserven. Sie kamen zurück und wollten uns verprügeln. Unsere Offiziere nahmen uns in Schutz. Oberleutnant Sury befahl denen einfach, vom Militärgelände zu verduften, sonst würde geschossen. Ein Bluff. Er hatte nichts zu schießen, aber sie bekamen es mit der Angst. Überhaupt nahm Oberleutnant Sury uns oft in Schutz, er kannte das Leben. Ich hoffe, daß er inzwischen mindestens Oberst ist und nach Herzenslust mit seiner Kalaschnikow ballern kann. Einmal kam ein Bauer zu Oberleutnant Sury. Er bat das Militär um Unterstützung beim Schlachten eines Stiers. Der Oberleutnant hatte keine Waffe, denn das war ein Übungsplatz zum Arbeiten, nicht zum Kämpfen. Sie fingen den Stier ein und banden ihm einen Würfel Trotyl mit einer Zündkapsel und einen halben Meter Zündschnur auf die Stirn. Als das losging, erschrak der Stier und lief zum heimischen Stall. Wieder wie im Krieg. Auf einem anderen Übungsplatz bauten wir eine Brücke. Wir schlugen ein bißchen Holz im Wald und machten eine Brücke daraus. Das gefiel mir gut. Ich hatte keine Ahnung gehabt, daß zehn Jungs imstande sind, ein Mordsteil von Baum hochzuheben und mehrere hundert Meter weit zu tragen, um mit Hilfe von ein paar Äxten eine Brücke daraus zu machen. So was kannte ich nur aus Kriegsfilmen. Hinter dem Übungsplatz war eine große Müllhalde. Ich ging zum Haldenwart, und wir tranken Wein. Auf der Halde lag eine Unmenge Fleisch aus den örtlichen Magazinen. Niemand nahm es mit. Nicht so wie heute. Manchmal ließen sie uns auf dem Truppenübungsplatz schießen, aber nicht zuviel. Pioniere schießen nicht. Auf Pioniere wird geschossen. Darauf hatte uns Oberleutnant Sury loyalerweise gleich nach dem Eid hingewiesen. Wir hatten im Bataillon zwei Amphibienfahrzeuge. Ich träumte immer davon, sie einmal schwimmen zu sehen, aber sie waren wohl kaputt oder warteten auf eine ganz besondere Gelegenheit. Ich werde es nie erfahren. Bei den Übungen zeigten sie uns die fiesen amerikanischen Kunststoffminen, die von keinem Detektor entdeckt werden. Wieder bewunderten wir die Amerikaner. In der Kantine gab es Kekse und Limo. Wir bekamen Kölnisch Wasser Polarna. Ich weiß nicht mehr, welche Seife wir bekamen, aber die Unterhosen waren dunkelblau und hatten statt des Gummis eine Schnur. Möchte mal wissen, weshalb. Zum Rasieren gab es Pollena-Creme und Klingen der Marke Polsilver. Manche holten sich schnell Iridium am Kiosk. Zwei Złoty teurer als Polsilver. Die Unterhosen hatten auch Schnüre an den Hosenbeinen. Daher kommt bestimmt die Redensart »dumm wie Hosenschnüre«. Neun Monate lang las ich kein einziges Buch, und das war gut so. Eins fing ich an, aber es langweilte mich sofort. Vorher hatte ich James Jones' *Verdammt in alle Ewigkeit* gelesen, aber das war Kinderkram. Es rührte mich. Im Truppenteil 2265 rührte mich nichts. Wenn wir auf den Übungsplatz fuhren, bekam jeder eine Kilodose Rindfleisch. Wurde sofort gegessen. War klasse. Mager, duftend, und diese salzige Sülze. In den Geschäften gab es solche nicht. In den Geschäften gab es damals sowieso wenig. Wir dachten, das muß so sein. Unsere Eltern sagten, es müsse anders sein, aber wer hörte damals auf seine Eltern. Wenn man an den Betonzaun hinter dem Maschinenpark ging, sah man im Süden, fern im Dunst, grüne Hügel. Das hat mich doch ein bißchen gerührt. Ein Stück geradeaus, dachte ich, dann nach links, und ich bin in den Bieszczaden. An die hundertfünfzig Kilometer. Ich stand und gaffte, bis mich Korporal Bauch scheuchte oder Wachtmeister Lenczewski, oder sonst jemand. Jeder scheuchte jeden. Das kam von oben, und auch Major Maruszak mußte von jemand gescheucht werden. Vielleicht von General Baryła oder General Oliwa. Die hießen wirklich so. Major Maruszak berief sich oft auf sie. Nur wir hatten niemanden zu scheuchen, denn wir waren die Jüngsten. Zur Belohnung durfte man nach der Tagesschau fernsehen. Ich habe nie was geguckt. Am dreckigsten ging es denen, die nicht rauchten. Sie hatten nie Pause. Pause gab's nur für eine Zigarette. Viele gewöhnten sich das Rauchen für diese fünf Minuten an. Korporal Bauch prüfte, ob sie auch Lungenzüge nahmen. Sie taten es und kotzten. Aber nur die ersten Tage. Ich habe das alles in einem Buch von mir beschrieben. Zum Glück ist das Manuskript verschollen. Ich war zu jung, um ein ordentliches Buch zu schreiben. Wenn man jung ist, kann man Gedichte schreiben, und auch die nicht zu lang. Erst jetzt sehe ich, daß mein Leben aus Ereignissen bestand. Früher dachte ich, aus Gedanken und Gefühlen. Ein elementarer Irrtum. Nach einem halben Jahr bekamen wir Dienstgrade und wurden in alle Welt verschickt. Ich hatte nicht mal die Berufsschule und bekam nur den Obergefreiten. Mit Abitur wäre ich Korporal geworden. Ich fand mich mit meinem Schicksal ab. Ehrgeiz hab ich nie gehabt. Meine Mutter hat mir das immer angekreidet. Sie schickten uns in die Welt, aber gerade ich kam nicht besonders weit, nämlich nur bis Rzeszów. Auch zu einem Pionierbataillon. Dort war es ganz anders. Dort gab es keinen Oberleutnant Sury, keinen Korporal Bauch, nicht einmal einen Wachtmeister Lenczewski oder Oberleutnant Bednarz. Es gab nur Scheißtypen. Dies hier ist kein Racheakt, deshalb werde ich mir die Namen nicht in Erinnerung rufen. Sie werden im Nichts verschwinden, aus dem sie gekommen sind. Wir fegten Laub. Nirgends waren Hügel zu sehen. Nichts als die Tristesse des Herbstes, Beton, Asphalt, und dazu arschkalt. Heute weiß ich, daß ich ein guter Soldat geworden wäre, wenn ich im Truppenteil 2265 geblieben wäre. Die das alles angeordnet haben, hatten keinen Funken Verstand. Ich wäre ein anständiger Pionier geworden und hätte mich, wer weiß, in einem eventuellen Krieg vielleicht widerstandslos beim Bau einer Brücke erschießen lassen. Rzeszów war nichts für mich. Es war überhaupt für niemanden, der einigermaßen bei Verstand war. Das Ganze sah so aus, als wäre alle Macht gerade eben in die Hände des Volkes übergegangen. Wie im revolutionären Rußland. So eine bekackte Arbeiter- und Bauernrepublik. Mehr bäuerlich, da in Rzeszów. Alle hatten die Macht, nur wir vom jüngsten Jahrgang nicht. Einverstanden, wenn ein paar Leute die Macht haben, das war immer so und wird vermutlich immer so sein, aber bitte nicht alle. Die Anarchie stand mir bis hier. Früher oder später fickt dich die Utopie, egal welche es ist. Du brauchst sie nur zu realisieren. Außer dem Laub fegten wir Schlafräume und Flure. Mann, war das groß. Man konnte nicht von einem Ende zum anderen sehen. Die Glühbirnen hatten vierzig Watt, sogar im dritten Stock war es wie im Keller. Wir räumten durchschnittlich zwölf Stunden am Tag auf. In den Pausen machten wir Liegestützen. Sauber und stramm. Wie im Dritten Reich. Eine Regierung wie in der Ukraine von 1918 bis 1920: Weiße, Rote, Machno, Direktoriat – jeder nach Lust und Laune. Jeder ein Führer. Dadurch hab ich sogar vergessen, wie der Oberführer dieses ganzen Bataillons hieß. Das kriege ich beim besten Willen nicht mehr zusammen. Vermutlich habe ich ihn nicht einmal gesehen. Vielleicht gab es keinen Oberführer. Manchmal tauchte ein Feldwebel auf. In Fliegeruniform. Im Umkreis von hundert Kilometern gab es keinen Fliegerhorst, und der paradierte im grauen Flanell, während alle anderen grün gekleidet waren. Zu alledem trug er schwarze Knobelbecher. Und weißrote Schachbretter auf den Rockaufschlägen. Er sah aus wie entlaufen. Von irgendwelchen Partisanen. Nur der Dolch am Gürtel hätte ihm noch gefehlt. Oder der Säbel. Er fürchtete sich wohl, denn er tauchte nur selten auf. Dafür saßen auf der Wachstube ständig irgendwelche Damen. Wenn das Laub alle war, harkten wir Gras. In den Pausen zwischen Liegestützen und dem Auf- und Ablaufen über vier Etagen. Das war wie in einem Käfig: alle durcheinander, die Alten auf die Jungen, die Alten auf die Alten, die Gefreiten auf die

Unteroffiziere, die Korporale auf die Korporale, und das alles im Dunkeln und ein Pißwetter wie im Kielcer Land. Das Wacheschieben war Scheiße. Null Sterne, null Himmel, überall Beton und an jeder Ecke ein Spitzel. Man bekam kein Auge zu. Sie brüllten nicht mal groß. Sie haßten sich so sehr, daß ihnen die Stimme versagte. Wenn ein Jüngerer einen Älteren sah, flog er ohne ein Wort auf die Schnauze. Bedingter Reflex. Den ersten Ausgang nutzte ich, als dieser Verrückte John Lennon erschossen hatte. Das vergesse ich nie. Ich hielt einen Żuk an der Ausfallstraße an. Er fuhr nach Iłża. Irgendwo auf halber Strecke hörte ich im Halbschlaf aus dem Radio, daß Lennon tot war. Den Fahrer interessierte das einen feuchten. Ich dachte, da geht etwas zu Ende, die Welt verändert sich doch. In Iłża ging ich in die Kneipe und genehmigte mir einen Wodka. Jemand spendierte mir einen zweiten. Ich ging auf die Straße. Kalt, dunkel, mitten in Polen, am Arsch der Welt, ich mutterseelenallein, und dazu Lennon. So was vergißt man nicht. Sie fuhren uns zur Arbeit auf dem Übungsplatz in Nowa Dęba. Wir legten Betonstraßen. Wir ackerten auf dem Bau. Halb Nowa Dęba ging in militärischem Outfit. Die Bauern trugen ganze Uniformen direkt aus dem Magazin. Wir hatten abgetragene und löchrige. Der ganze Übungsplatz wurde von einem Werkschutz bewacht. Das Militär traute sich offenbar selber nicht mehr. Wir wohnten in Baracken. Ich schrieb an den Langen, und der Lange an mich. Themen hatten wir genug, denn auch er war gezogen worden. Zu den Funkern. Er saß in irgendeinem Urwald an der deutschen Grenze und horchte, ob die Faschisten im Anflug waren. Sie bekamen hauptsächlich Rock-Sender oder Radio Freies Europa rein. Sie tranken Bier, hatten's warm und eine ganze anständige Führung. Trotzdem gefiel es ihm nicht. Nach einem Jahr drehte er leicht durch und wurde nach Hause entlassen. Jedenfalls schrieben wir uns zunächst noch. Ziemlich sentimentale Briefe, vermute ich. Wir waren beide empfindsam. Er wohl sogar mehr. Am Ende war er auf einen zwanzig Meter hohen Mast geklettert und wollte um keinen Preis wieder runter. Sie flehten einen Tag lang. Schließlich versprachen sie, ihn nach Hause zu entlassen. Und sie hielten Wort. Zwar mußte er durch die Psychiatrie, aber er hatte nichts und hat bis heute nichts. Wir schliefen auf Etagenbetten. In der Kantine gab es wieder Kekse aus den San-Werken in Jarosław. Und Waffeln zu drei fünfzig die Packung. In der Packung waren acht oder zehn Stück. Ich erinnere mich an alle Geschmäcker: Kaffee, Erdbeer, Sahne und Zitrone. Ich erinnere mich an den Sand und die Kiefern, und an den alten grauhaarigen Fähnrich, den der Schlag traf, weil man ihn bei minus fünfzehn Grad Beton gießen ließ. Er kannte sich als einziger darin aus und konnte solchen Pfusch nicht verwinden. Ich stellte mir vor, so müsse es in Sibirien sein, und fühlte mich ganz wohl. Auf dem Übungsplatz schonte man uns ein bißchen. Außerdem ist es leichter, wenn man irgendeine konkrete Beschäftigung hat. Man kann sagen, was man will, aber Sinn ist doch wichtig. Doch auch die Übungsplätze dauern nicht ewig, und schließlich mußten wir in die ganze Scheiße zurück. Und dort hatte sich etwas geändert. Der Berufskader zeigte sich irgendwie häufiger, und manchmal hatte man das Gefühl, irgendwo existiere so etwas wie eine konkrete Führung, jemand versuche, dieses Tollhauses Herr zu werden. Wir begannen glaube ich sogar, die einzelnen Kompanieführer zu unterscheiden. Sie kamen und hielten uns Vorträge. Über den Imperialismus, über den Sender Freies Europa, über die Stimme Amerikas. Ich wette, daß kaum jemand von dieser ganzen Bande irgend etwas außer dem Ersten Programm des polnischen Radios hörte, aber die ließen nicht locker. Gesellschaftliche Unruhen, Wühlarbeit, dieses und jenes, Tuschi – Muschi. Niemand hörte natürlich zu, jeder war nur darauf bedacht, sich vollzufressen und auszuschlafen, ohne anzuecken. Mit einem Wort, polnische Norm, absolute Unempfänglichkeit für alles außer den Gedanken ans Zivilleben. Auch mir stand das bis zur Kotzkante, aber vor lauter Langeweile hörte ich dann doch zu und machte mir Gedanken. Als sie eines Tages auf die glorreichen Traditionen des Truppenteils kamen, dämmerte mir langsam was. Glorreiche Traditionen, dunkelblaue Mützenränder, mit einem Wort, die Weichsel-Einheiten des Ministeriums für Inneres, früher KIS, d. h. Korps für Innere Sicherheit. Man schrieb das Jahr 1980, wovon ich nur einen nebelhaften Begriff hatte, weil ich aus reiner Gewohnheit nie allzu aktiv am gesellschaftlichen Leben Anteil nahm. Irgendwas hat man aufgeschnappt, irgendwas wußte man, aber im Grunde dachte man, das ist wieder so ein Indianerspiel der Erwachsenen. Politik als praktisches Geschäft hat mich nie interessiert. Schließlich erfuhren wir, daß das Vaterland uns doch vielleicht brauchen würde. Ach, und was war bis dahin gewesen? Ehrlich gesagt, freuten wir uns in der überwiegenden Mehrheit sogar, denn alles war besser als dieser Schlamassel. Die Soldaten ziehen um so lieber in den Krieg, je beschissener der Frieden ist. Aber dann verlief doch alles im Sande. Den zweiten Ausgang bekam ich Silvester. Oder waren es drei Tage Urlaub? Wer weiß. Wieder per Anhalter, Soldaten wurden damals gern mitgenommen und bekamen auch noch was spendiert. Außerdem lag damals schon der allgemeine nationale Schulterschluß und die Verbrüderung der sozialen Schichten in der Luft. Alle Revolutionen fangen so an. Silvester feierten wir wie üblich. Nichts hatte sich geändert. Nur ich sah mit kurzen Haaren aus wie bescheuert. Heute laufen alle so rum. Damals nur Kriminelle und Soldaten. Ich wollte eigentlich schon zurück, überlegte es mir aber anders. Ganz so, wie ich es mir damals vor der Schule anders überlegt hatte, und später im Bus an der Haltestelle, an der ich zur Arbeit aussteigen mußte. So eine allgemeine Unlust der Art: Scheiß was, ich geh nicht... Irgend etwas schwebte mir vor, Freiheit, lange Haare und Zigaretten, aber eigentlich hatte ich einen üblen Anfall von Langeweile und Überdruß an der in genau dieser Form zugänglichen Wirklichkeit. Und vor allem wollte ich mal wissen, was sie mit mir machen würden, wenn sie mich kriegten. So in etwa konnte ich mir das zwar denken. Mensch, das waren Zeiten. Tanzball auf der Titanic. Ich trank Wodka, ich trank Wein, ich trank Sekt und ich trank Bier. Mittag aß ich in der Klinik für Infektionskrankheiten in Wola. Krosbi hatte sich gerade eine Gelbsucht eingefangen. Er hatte keinen Appetit und gab mir seine Portionen ab. Bald wußte die ganze Station, daß ich mich versteckte. Sie gaben mir Kotelett und Kompott ab. Das Innenministerium wurde auch fündig, schließlich war leicht rauszukriegen, wer mein bester Kumpel im Zivilleben war. Sie erfuhren nicht, daß ich dort verkehrte, sondern daß Krosbi dort lag, und fragten ihn aus, ob er nicht wüßte, wo ich mich so rumtreibe. Sie kamen, und ich ging. Sie gingen, und ich kam. Es kam so weit, daß ich die Schwester fragte, ob sie schon da waren oder ob sie wüßte, wann sie kämen. Nie hab ich mich so gut ernährt. Ja. Ich trank Sekt. Zwar nicht jeden Tag, aber ein paarmal bestimmt. Ich hatte eine Freundin. Sie arbeitete auf der Auslandszentrale des Hauptpostamts. Damals war das nicht so, daß man einfach wählen und anrufen konnte. Es war ganz anders. Man mußte den ganzen Tag anstehen, um eine Verbindung nach New York oder sagen wir Buenos Aires zu bekommen. Es sei denn, man genoß die Gunst des Telefonfräuleins. Dann stand man nur ein Stündchen oder ein halbes an. Ihre Gunst erwarb man sich auf unterschiedliche Weise, am besten einfach durch ein Scheinchen. Das war dann doch wohl vernünftiger, als den ganzen Tag zu vergeuden. Also ich trank Sekt und hatte immer Zigaretten. Frauen haben eine prinzipielle Schwäche für Verfolgte und Justizflüchtlinge aller Art. Man denke nur an unsere beiden Aufstände, die letzte Besatzung oder die Zeiten, die den hier beschriebenen folgen. Ich wohnte bei Napiór. In Mokotów. Direkt nebenan war irgendeine militärische Einrichtung, dort trieben sich immer höhere Offiziere herum. Überwiegend wohl mit grünen Mützenrändern. Die interessierten mich gerade weniger. Napiór betrieb immer noch reinen Tachismus. Ich schrieb nachts Gedichte. Ziemlich düstere vermutlich. Ich hoffe, sie sind alle verlorengegangen. Wenn ich getrunken hatte, wurde ich mutig. Wenn nicht, hatte ich doch ein bißchen Angst. Ich bemühte mich, ziemlich oft zu trinken. Das war nicht schwer. Wir waren alle jung, uns brauchte man nichts zweimal zu sagen. Damals lernte ich Opa Jarema kennen, der mir wirklich helfen wollte. Opa Jarema war ein echter Oppositioneller. Ich hatte vorher keine Ahnung gehabt, wie ein Oppositioneller aussieht. Er brachte mich zu verschiedenen Leuten oder ging selbst hin, aber die konnten nicht viel tun, denn sie mußten sich selber irgendwie verstecken. Ihre Namen werde ich nicht nennen, denn dies ist keine Klatschspalte, und sie selbst sind anständig genug, auf jede Art Reklame zu husten. Opa Jarema wohnte in der Altstadt, dort versteckte ich mich auch. Das heißt, ich wohnte dort. Opa Jarema hatte Nerven wie Drahtseile. Ich habe nie gesehen, daß er Schiß gekriegt hätte, ärgerlich geworden wäre oder sonst was in diesem Stil. Er tat, was er zu tun hatte. Imponierte mir höllisch. Ich wollte auch gleich Oppositioneller und Revolutionär werden, aber ich hatte null Ahnung und war außerdem eine heißere Nummer als alle anderen zusammen. Im Grunde war ich ein gewöhnlicher Krimineller. Eins ist in Ordnung an dieser ganzen Geschichte: Niemals hat mich jemand weggeschickt, weil er Angst hatte oder etwas in der Art. Man kann über die Polen sagen, was man will, aber wenn's drauf ankommt, dem Staat eins auszuwischen, ist keiner besser. Na ja. Aber ich wußte selbst, daß das alles nicht ewig dauern konnte und ich mir was ausdenken mußte. Kapitulation kam überhaupt nicht in Frage. Mein Kollege Maciek kam auf die Idee, Selbstmord wäre ein guter Ausweg. Ich war einverstanden. Begehen sollte ich ihn in Międzylesie. Dort findet mich dann eine befreundete Krankenschwester und benachrichtigt sofort den Notarzt, der mich ins Krankenhaus bringt, wo ich als Selbstmörder für unzurechnungsfähig erklärt und auf der Psychiatrie untergebracht werde, alles Weitere in Gottes Hand. Der Plan war so gut wie jeder andere. Maciek behauptete, das sei sicher wie eine Bank, ich würde sogar noch eine Medaille kriegen, vielleicht sogar Kriegsrente. Ich sagte: »Okay, ich mach's.« Ich warf irgendwelche Pillen ein, schluckte ein paar Wässerchen, stieg in den Bus und fuhr nach Międzylesie. Es war spät, aber nicht zu spät. Vielleicht acht Uhr abends. Ich fand die vereinbarte Verkaufsbude mit Gemüse. Daneben war eine Schneewehe. Ich ging ein paar Schritt weiter unter die Straßenlaterne und sichelte mir mit der Rasierklinge das linke Handgelenk. Nicht nur pro forma, aber auch nicht zu sehr. Schließlich war kein Abgang gefragt, sondern nur ein bißchen Farbe. Ich gehe zurück, hau mich in die Schneewehe und warte. Es war sogar angenehm, denn die Pillen und Wässerchen begannen zu wirken. Mir wurde alles egal und ich merkte, daß ich ziemlich rasant albern wurde. Richtig redselig. Niemand kam. Das Fräulein sollte mich ganz zufällig finden. Um diese Zeit kam es immer von der Arbeit hier vorbei. Davon gingen wir aus. »Wenn sie erschrickt, sieht es echt aus«, sagte Maciek. »Und wenn sie nicht kommt?« fragte ich. »Dann stehst du auf und gehst selbst zur Ersten Hilfe.« Na vielen Dank. Am Ende tauchte sie doch auf. Mit einer Kollegin. Sie erschraken, aber auf das Herz einer Krankenschwester ist Verlaß. Sie riefen an. Der Krankenwagen kam. Sanitäter und Fahrer stiegen aus. Sie gaben mir einen Tritt, um zu prüfen, ob ich noch lebte. In der Tat. Sie stellten mich auf die Beine. Ich kippte sofort um. Wieder bekam ich einen Tritt, aber nicht zu heftig. Sie wunderten sich, daß man trotz meines Suffs nichts roch. Über die Schnitte wunderten sie sich gar nicht. Damals lag an jeder Ecke ein Aufgesichelter. Nicht so wie heute. Schließlich luden sie mich ein. »Bringen wir den Arsch ins Herz-Jesu.« So haben sie gesagt. Im Herz-Jesu sagte der Arzt: »Nähen wir den Arsch ohne Betäubung, er merkt sowieso nichts.« Ich sprang auf und rannte weg. Niemand lief mir nach, wozu auch. Eine Woche später schnappten sie mich. Sehr elegant, nämlich auf einer Party. Richtig zivilisiert. Sie setzten sich, tranken ein Gläschen und gestatteten das auch mir. Es war acht Uhr früh, wir fuhren wie die Lords über die Łazienkowski-Brücke, die Sonne schien. Insgesamt gesehen völlig in Ordnung, wenigstens bis zu dem Moment, als ich nüchtern wurde. Die Zelle in der Żwirki war glaube ich schwarz gestrichen. Ein schwerer Kater in solcher Szenerie ist der Hammer. Das ist deine Strafe, dachte ich. Lebenslang in schwarzen Wänden, ohne Fenster und ohne was zu trinken. Ich wollte mich sogar damit abfinden. Wo Schuld ist, soll Strafe sein. Aber nein, gegen Abend gaben sie mir eine Schale Kaffee. Und dann legten sie mir schwere Eisen an und führten mich auf den Bahnhof, zum Zug. Alte Frauen drohten ihnen mit dem Regenschirm und riefen: »Wo bringt ihr den armen Kerl hin, Gestaposchweine!« Solchen Geist bewies damals das Volk. Verbrecher und Mörder konnten auf die Liebe der einfachen Leute zählen. Schließlich stand mir nicht auf der Stirn geschrieben, daß ich nur ein durchgeknallter Deserteur war. Als wir in Rzeszów ausstiegen, jubelte niemand mehr. In der Provinz hatte das Volk mehr Vertrauen zur eigenen Obrigkeit. Das Böse kam immer aus den Metropolen. So ist es bis heute. Das weiß jeder. Mein Gott – wie groß dieses Gefängnis in Załęże war! Wir gingen und gingen, ich dachte, wir würden nie ankommen. Tore, Gitter, Türflügel, Hunde, Wachen, Bodenvertiefungen, Fallen und Wachtürme. Eigentlich war ich stolz, daß das alles für mich war. Ich ließ mir aber für alle Fälle nichts anmerken. Kein Mucks, nur Vorname des Vaters, Geburtsdatum, Fingerabdrücke und ein paar Fotos. Und dann ab in die Zelle. Was dort für ein Sammelsurium saß! Bauern, Arbeiter und Intelligenzler. Taxifahrer und Schwarzhändler. Diebe und Mörder. Vergewaltiger und Betrüger. Wie üblich in der U-Haft. Und jeder hoffte, er würde gleich rauskommen, alles wäre nur ein tragischer Justizirrtum. Einer suchte den anderen davon zu überzeugen, alle zusammen redeten sie auf jeden Neuankömmling ein. Bei jedem Knirschen im Schloß fuhren sie auf und rannten mit ihren Siebensachen zur Tür. Ich hatte nichts zu rauchen. Aber hier bot jeder jedem was an. Sie würden ja jeden Augenblick entlassen werden. Sie latschten auf und ab, stießen gegeneinander, aber in ihren Herzen glühte die Hoffnung, und man hörte kein böses Wort. Sie schrieben Kassiber und steckten sie sich gegenseitig zu, man solle sie nur in den Briefkasten stecken, sie würden ja eh gleich rauskommen. Die Wachtel schloß die Tür auf und lächelte nur. Latrine und Waschbecken waren rechts, der Tisch vorn, die Betten links. Keines war frei. Wir schliefen auf Matratzen. Ich dachte, das würde immer so bleiben. Ein Irrtum. Schließlich brachte man mich in eine andere Zelle. Dort herrschte schon relative Ruhe und saßen zwei, die sich völlig mit ihrem Schicksal abgefunden hatten. Jetzt war die Latrine auf der linken, die Betten auf der rechten Seite. Mal was anderes, immerhin. Die regten sich nicht mehr so auf. Wenn man weiß, was Sache ist, kümmert einen die Zukunft nicht mehr so besonders. Man flüchtet in Erinnerungen oder versucht, sich möglichst gut einzurichten. Wir spielten Domino. Das war erlaubt. Karten waren nicht erlaubt, aber wir spielten sie trotzdem. Wir fluchten viel. Ich jedenfalls immer mehr. Klappte ganz gut. Ich hatte ein Gespräch mit dem Anwalt. So ein Sprachrohr von Amts wegen. Er riet mir, zu gestehen und um eine milde Strafe zu bitten. Was ich denn gestehen solle, fragte ich. Sie hätten mich doch erwischt, alles läge auf der Hand. Er sagte, ein Geständnis mache immer einen guten Eindruck. Ich fragte, wieviel ich bekommen würde. Schwer zu sagen, sagte er. Dann ging er. Mich holten sie auch. Niemand zeigte Erbarmen. Über die Lautsprecheranlage hielten sie uns Vorträge über die Schädlichkeit des Alkohols. Das regte uns auf, wir warfen mit Schuhen nach dem Lautsprecher. Die Wachteln hatten keine Ahnung, was gespielt wurde, und wurden immer höflicher. Alle alten Gauner sagten das. Früher sei es schlimmer gewesen, früher, Mann o Mann. Ganz anders als in der Freiheit. Dort heißt es immer, früher war alles besser. Wir brühten Teesud auf dem Öllämpchen. Man rollte ein Stück Laken zusammen, tränkte es mit Schmalz, und los. Stank fürchterlich. Auf Schein bekam man Zwiebeln und marokkanische Sardinen. Und Elastikstrümpfe. Und Popularne-Zigaretten. Und Tee. Und Weißbrot. Aber das Schwarzbrot war so gut, daß die Wachteln es gegen weißes tauschen wollten. Es gab Kartoffeln mit Gulasch. Makkaroni mit Fleisch und Kohl. Saure Mehlsuppe. Freitags gab es Fisch. Montags nur Erbsensuppe, aber dafür bis zum Erbrechen. Wir wetzten die Löffel an der Decke und benutzten sie als Messer. Aus dem Fenster sah man den Himmel und Flugzeuge vom Sportflugplatz in Jasionka. Nachts hörten wir die Züge. Ich pfiff mir »Midnight special«. Das kannte ich von der Platte von Bronzy. So eine DDR-Scheibe. Majeran hatte sie gehabt. Später, als ich in den ersten Stock kam, sah ich grüne Wiesen und scheckige Kühe. Ich konnte ewig am Fenster stehen und bekam nie genug. Überhaupt war mir im Knast nie langweilig. Nicht einmal, wenn ich allein in der Zelle saß. Das kam so zweimal die Woche vor. Normalerweise war das eine Strafe, aber offenbar hatte man einfach vergessen, mir jemanden reinzugeben. Auch ein Bücherwagen kam. Ich las Aragons *Die Glocken von Basel.* Habe alles vergessen. Ich las Sabatos *Abaddons Engel der Vernichtung*. Daraus weiß ich noch »Ist die Seele jemand Einsames auf der Welt« oder so ähnlich. Ich schrieb mir alle Titel auf, aber die Zettel habe ich verschlampt. Ich las Barths *Tabakhändler* und erinnere mich an dieses Ding mit dem Eierapfel oder der Aubergine. Ich las José Donosos *Scheußlichen Nachtvogel* und war begeistert. Wenn ich dieses Heft mit den Notizen finden würde, sähe alles ganz anders aus. Es war gut, allein zu sitzen. Aber mit jemandem zusammen zu sitzen war auch nicht schlecht. Die kannten bessere Geschichten als John Barth. Sie erzählten und erzählten. Wir tranken Teesud. Sie erzählten bis zum frühen Morgen. Das war eine Untersuchungshaftanstalt, man brauchte nicht zur Arbeit zu gehen. Den Schlaf konnte man am Tag nachholen. Man durfte sich nicht auf die Betten legen, aber man durfte doch. Paradox. Die Wachteln wußten wirklich nicht, was gespielt wurde. Ich dachte über viele Dinge nach, wurde aber keineswegs schlauer dadurch. Ich hätte das Gefängnis hassen sollen, aber das Gefängnis gefiel mir. Ich hätte eine Wut auf jemand haben sollen, aber mir war das so was von egal. Ich hätte irgendwelche Ansichten haben sollen, aber ich hatte keine. Am Hofgang wuchsen gelbe Disteln. Oben lief eine Wachtel mit einem Funksprechgerät. Vom Essen war nur die Graupensuppe widerlich. Manchmal sichelte sich jemand. Manchmal machte jemand Randale. Die einen brachte man ins Krankenhaus, die anderen steckte man in die Einzelzelle. Das Leben verlief in geregelten Bahnen. Das war ganz angenehm. Beinahe wie Ferien. Wie im Sanatorium. Ich wußte, ich hatte viel Zeit. Ich saß mit Schwiegervater. Schwiegervater war sechzig, die Hälfte davon hatte er gesessen. Ein sehr angenehmer Zeitgenosse. Wenn ihm langweilig wurde, schlug er leise eine der Scheiben im Doppelfenster ein und zog mit der Scherbe langsam das Parkett in der Zelle ab. Spänchen für Spänchen. Es hieß dann, der Wind hätte das Fenster eingedrückt. Sie kamen und setzten eine neue Scheibe ein. Schwiegervater wußte alles. Ich hörte ihm gern zu. Er fragte mich nichts. Er erzählte selbst. Ich konnte ihm nichts Interessantes sagen. Bob Dylan oder der Delta Blues interessierten ihn einen Dreck. Er bevorzugte wahre Geschichten. Einmal die Woche kam Tadzio, der Frisör. Er war so alt wie Schwiegervater und wußte auch alles. Er war knastbekannt. Er transportierte Informationen. Für eine Lulle oder zwei nach dem Rasieren rückte er ein bißchen Przemysławka heraus. Hatte man keine Lullen, desinfizierte er nur das Rasiermesser in so was Blauem, Geruchlosem. Er transportierte Kassiber. Er transportierte Zigaretten. Und Tee. Er konnte alles besorgen. Nie hatte ich es eilig. Am allerwenigsten zum Gericht. Einmal fuhren sie mich in die Psychiatrie nach Jarosław. Das brachte gar nichts. Ich war kerngesund. Soldaten sind meistens gesund. An die zweimal wurde ich zur Vernehmung geholt. Aber ohne Ergebnis. Einmal bekam ich's mit der Angst und behauptete, ich hätte die Absicht gehabt, zurückzukommen. Alles gut und schön, aber einen Fünfer wollte ich nicht aufgebrummt bekommen. Lieber weniger. Man steckte uns einen Bullen in die Zelle. Der wurde überall rumgereicht, weil er sich ab und zu Ärger einhandelte. Schwiegervater sagte ihnen, sie sollten ihn lieber gleich wieder mitnehmen. Das taten sie auch. Den Ärger mit so 'nem Bullen haben nur die Wachteln. Ich weiß sogar noch, wie er hieß, schreibe es aber nicht auf, vielleicht hat er ja auf den Pfad der Tugend gefunden. Er saß wegen Vergewaltigung. Jeder kann sich bessern, wozu soll man es einem Menschen noch schwermachen. Die Latrinen waren aus Gußeisen, aber mit fließend Wasser. Die Waschbecken aus weiß emailliertem Blech. Baden taten wir einmal in der Woche. Einmal die Woche bekamen wir frische Unterhosen. Manch einer hatte es zu Hause nicht so gut. Viele wußten das zu schätzen. Ich bekam anderthalb Jahre Militärarrest. Niemand wußte, was das ist. Sie veranstalteten einen Schauprozeß vor der Truppe. Das gefiel mir nicht. Ich hätte lieber ein ernstzunehmendes normales Gericht gehabt. Wenn schon ein ernstzunehmendes Gefängnis, dann bitte auch ein ernstzunehmendes Gericht. Bald darauf gaben sie mir endlich anständige Häftlingskleidung. Meine Zivilsachen hatte ich längst satt. Über ein halbes Jahr mußte ich schon darin rumlaufen. Jetzt nahmen sie sie weg, steckten sie in einen Sack und gaben mir eine Jacke und Hosen in Schmuddelrosa, mit blauen Taschen. Unterhosen dazu, und ein Hemdchen. Es war erträglich. Wenn die Zigaretten ausgingen, qualmten wir Selbstgedrehte. Ein paar Kippen und die Rzeszower Neuen Nachrichten. Die las niemand, weil es sie umsonst gab. Hätten wir sie gelesen, dann hätten wir wenigstens ein bißchen gewußt, was auf der Welt vorging. Uns kümmerte das einen feuchten. Nur die Amnestie war wichtig. Das war eine Art Religion. Alle glaubten daran. Sie sollte jeden Augenblick kommen. Irgendwelche Daten spukten herum. Kam sie nicht zum 1. Mai, dann sollte sie am 22. Juli kommen. Wenn nicht am 22., dann zum ersten August, zum ersten September, zum Schulbeginn. An diesem Rätselraten wurde auch der Vernünftigste irre. Nur Schwiegervater blieb ruhig, weil er an nichts glaubte. Sogar ich glaubte bald daran. Gestern war ich verurteilt worden, morgen wollte ich raus sein. Das verging mir bald. Scheiß auf die Amnestie. Wichtig war, daß es was zu qualmen gab. Ja, das war wie eine Epidemie. Ein paarmal im Jahr drehten alle durch. Zu Ostern, zu Weihnachten. Jeder Termin war gut. Sie saßen in den Fenstern und unterhielten sich von Zelle zu Zelle. Der eine hatte es dort gehört, der andere dort. Angeblich felsenfest. Nie kam es dazu. Das störte niemand. Sie sollten sogar mehrfache Mörder entlassen. Alles sollte sich ändern. Sie sollten die Wachteln einsperren. Das hielt uns am Leben. Die Wachteln übrigens auch. Man sah es an ihrem Blick. »Ein bißchen noch, Jungs.« So dachten sie. Das waren diese berühmten, schönen Monate. Wir bekamen Apfelsinensaft. Mit abgelaufenem Verfallsdatum, aber immerhin. In den Makkaroni war immer mehr Fleisch. Hatte jemand den Wunsch, dann besorgte Tadek Chlor, und man konnte sich den Knastanzug bleichen. Danach sah man sehr elegant aus. Wie so ein Plantagenbesitzer oder Eisverkäufer. Niemand machte einen an. Man konnte zum Psychologen gehen. So zur Abwechslung. Man redete irgendeinen Blödsinn, denn er hörte sowieso nicht zu. Manchmal rückte er eine Zigarette raus. Zum Teesud schluckte man Tabletten mit Kreuzchen. Ging besser ab. Irgendwann wurde es so gut, daß man nur zu läuten brauchte, und die Wachtel brachte kochendes Wasser. Aber das bürgerte sich nicht ein. Zu wenig Spaß. Spannung. Wir machten's lieber selber. Zwei Rasierklingen, ein Stück Draht, fertig. Schmeckte besser. Man hatte das Gefühl, gegen das System anzukämpfen. Aber vielleicht war das Kürbissaft? Das wird sich nicht mehr feststellen lassen. Jedenfalls, wenn man davon ein bißchen in einer Dose gesammelt hatte, warf man Brotrinde hinein, und nach einiger Zeit hatte das Zeug zwei Prozent. Fürchterliches Gebräu, aber wir tranken es. Sicher deshalb, weil es vermutlich verboten war. Und dann die Pastenbrühe. Man vermanschte eine Tube Zahnpasta in einem Glas Wasser, und ex. Das sollte in die Birne gehen. Bei mir ging es irgendwie nicht. Auch wieder so ein Vorurteil, so eine Knastlegende. Die Wachteln tranken auch Teesud. Hab ich selbst gesehen. So wie wir: aus Wassergläsern. Warum eigentlich nicht, wenn das so bequem und billig war. Und eines Tages kam eine Bullenwanne, lud an die vierzig von uns ein und brachte uns in die Welt hinaus. Atmen war schwierig. Alle qualmten. Pissen konnte man im Zuchthaus in Tarnów. Übernachtung war in Strzelce. Strzelce ist Legende. Es hieß immer: Strzelce dies, Strzelce das. Am andern Morgen ging's weiter. Pissen konnte man in Rawicz. Rawicz ist auch Legende. Übernachtung war in Wronki. Wronki ist die größte Legende. Machte wirklich Eindruck. Sollte man den Kindern zeigen. Dann wären sie artiger. In der Zelle, in der Rosa Luxemburg gesessen hatte, gab es eine Gedenk-Ecke. Dort leuchtete ein rotes Lämpchen, wie in der Kirche. An Wronki werde ich mich bis ans Lebensende erinnern. Idealer Ort für Folter und Schauergeschichten. Meine Phantasie war so aufgedreht, daß ich nicht schlafen konnte. Am nächsten Tag erfuhr ich endlich, was es mit diesem Militärarrest auf sich hatte. Der Ort hieß Płoty. An der Straße Nr. 52, die durch ganz Pommern geht. Dort war ich per Anhalter langgefahren. Ich komme rein, und eigentlich ist alles normal: Mauer, Stacheldraht, Wachtürme, Wachteln, dennoch schwante mir sofort etwas, denn ich sah da Typen in militärischer Felduniform. Auch mir gaben sie so ein Textil, nur ohne den Adler auf der Mütze. Sei's drum, dachte ich, und hatte mich schon mit dem Schicksal abgefunden, da brüllen die auf einmal los. Befehl auf Befehl, alles im Laufschritt. Ich war das überhaupt nicht mehr gewöhnt. Wenn man eine Weile in einem anständigen Gefängnis sitzt, kriegt man gleich ein Gefühl für die eigene Würde. Und da ziehen diese Knallchargen hier eine Schau ab, wie – mit Verlaub – in Rzeszów. Stillgestanden, aufgesprungen, runter, und gerobbt ... mit einem Wort, das ganze alte Repertoire, schließlich denkt man sich hier nichts Neues aus. Irgendwie kroch ich ans Ziel, gelangte zu den übrigen, in einer großen, knallvollen Halle eingesperrten Verurteilten und fragte gleich, was gespielt werde. Wie sich herausstellte, war die Struktur eins zu eins vom Konzentrationslager abgekupfert. Bewacht werden wir von Aufsehern, richtig, aber intern herrschen Berufsmilitärs oder irgendwelche beschissenen Korporale, die genauso verurteilt waren wie wir. Kapos eben, nur militärischer. Größeren Schweinehunden bin ich im Leben nicht begegnet. Der alte Grundsatz, daß man erst teilen muß, um zu herrschen, lag in Płoty auf der Hand. Man hatte die fiesesten Säue unter den normalen Häftlingen rausgesucht und ihnen Macht gegeben. Die Selektion einer Sau ist nicht schwierig, im allgemeinen erkennt man sie mit bloßem Auge. Je dümmer, desto besser. Je abscheulicher sie aussieht, desto wirksamer wird sie sein. Je lausiger der Charakter, desto gehorsamer. So funktionierte der Militärarrest in Płoty. Diesmal bedaure ich, daß mir die Namen entfallen sind, denn auch das Mitleid hat Grenzen. Wir rannten. Wir hoben Gräben aus. Schütteten sie wieder zu. Rannten erneut. Hoben wieder Gräben aus. Der Truppenübungsplatz hatte die Größe eines mittleren Stadions. Das reichte. Wir liefen einfach im Kreis. Und was ausgehoben war, wurde wieder zugeschüttet, schon war es flach. In der Früh standen wir auf und liefen bis zum Abend. Mit Rucksack und Gasmaske. Wir hatten Gewehre. Mit kaputten Abzügen. KBs, bestimmt noch aus der Schlacht von Lenino. Zur Belohnung bekam man ein KMPK. Es wog zehn Kilo. Ich hab es ganz schön oft abgekriegt. Ohne daß ich mich unbedingt absichtlich gedrückt hätte. Ich hatte einfach diesen Blick, und auf Blicke reagierten diese Arschlöcher empfindlich, das muß man sagen. Besonders so ein kleiner Dicker mit schwarzem Panzerfahrerberett. Degradierter Fähnrich vermutlich. Drehte sich nie mit dem Rücken zu einem. Auch mit der Seite nur ungern. Einen schlimmeren Fraß habe ich im Leben nicht gesehen. In der Suppe schwammen Raupen. Im Brot waren Steine. Und von allem gab's zu wenig. Die Milch verdünnten sie so mit Wasser, daß sie beinahe durchsichtig war. Dieser Fähnrich war feist. Er hatte einen Schmerbauch. Aber Kollegen habe ich nie bessere gehabt. Ausnahmslos

Deserteure aus Überzeugung, zwei wegen Handgreiflichkeiten gegen Offiziere. Sehr angenehmes Kollektiv. Ganz spontan begannen wir zu konspirieren. Zehn gegen den Rest. Das waren wohl ungefähr hundert. Denen schien das alles hier zu passen. Uns nicht. Ein tragischer Justizirrtum, uns, die vor der Armee ausgerückt waren, hier wieder reinzustecken. Da stimmte was nicht. Gewehre, die nicht schießen, Gräben, die man wieder zuschütten muß. Da erlaubte sich jemand einen Spaß. Draußen wurde es Herbst. Vor den Mauern verlief die berühmte 52. Nachts hörte ich die Lkws vorbeidonnern. Mir blutete das Herz. Zu Abend gab es trockenes Schwarzbrot mit einem Löffel Margarine. Wir versammelten uns unauffällig und sponnen das Netz der Verschwörung. Ringsum wimmelte es von Denunzianten, aber die waren strohdumm und verstanden nicht, wovon wir redeten. Wir redeten auch nichts Konkretes. Wir erinnerten uns an unsere früheren Knäste. Die anderen an ihre Truppeneinheiten. Auf dem Übungsplatz brannten sie Rauchkerzen ab und warfen Knallkapseln. Wenn schon Krieg, dann richtig. Draußen pflügten die Bauern die abgeernteten Felder. Es roch nach Rauch und Nebel. Ständig filzten sie uns die Betten. Wenn sie was fanden, mußten wir laufen. Wenn nicht, auch. Dabei konnten sie gar nichts finden, weil niemand was hatte. Woher hätte man was kriegen sollen. Niemand kam oder ging. Die Wachteln waren hoffnungslos prinzipientreu. Sie guckten uns von ihren Türmchen zu, mehr nicht. Ständig räumten wir auf, und ständig war Dreck. Wie soll Ordnung sein, wenn die eine Hälfte aufräumt und die andere ständig durch das Aufgeräumte läuft. Der Vorsteher rief uns und brüllte uns an, wir sollten aufhören, heimlich zu flüstern, daß es uns nicht gefällt. Ich mochte es, wenn er brüllte. Das gefiel mir. Die Mütze rutschte ihm in die Augen. Manchmal versuchte er, etwas in normalem Ton zu sagen, aber sobald sein Blick auf mich fiel, begann er zu brüllen. Er brüllte und brüllte, und auf mich wirkte das beruhigend. Ich hätte ihm ewig so zuhören können, aber das war ein älterer Mann, der rasch ermüdete. Schon über vierzig, und immer noch Oberleutnant. Hat bestimmt gedacht, daß wir ihm die Beförderung vermasseln. Das stimmte leider. Irgendwann hatten wir die Schnauze voll. Eines Morgens sagten wir zehn, daß uns das alles ankotzt. Sie verstanden gar nicht, was wir wollten. Erst als wir sagten, wir würden nicht mehr laufen, graben, robben gehen, dämmerte ihnen etwas. »Was heißt, ihr geht nicht?« Und sie machten schrecklich große Augen. »Genau das«, erwiderten wir. »Ist doch Befehl«, sagten sie. »Scheiß auf den Befehl«, erwiderten wir. »Das geht doch nicht«, antworteten sie. »Geht oder steht, scheißegal. Wir gehen nirgends hin. Wir sind Verbrecher und wollen sitzen und nicht mit blöden Gewehren rumrennen«, erwiderten wir. Sie kapierten wieder nichts. Der Oberleutnant selbst mußte die Nuß knacken. »Das ist Meuterei«, sagte er. Er sprach dieses Wort aus und sah seinen nächsten Stern, seine Beförderung zum Hauptmann, davonschwimmen. »Wenn's denn einen Namen haben muß«, erwiderten wir, »aber gehen tun wir nicht.« Sie nahmen uns alles ab. Schnürsenkel, Gürtel, vollgerotzte Taschentücher. Wir waren Helden. Alle dachten, wir seien verrückt geworden. So etwas hatte man hier noch nicht gesehen. Sie sperrten uns einzeln weg. Für alle reichten die Einzelzellen nicht, aber für Kajtek, Jacek und mich schon. Der Rest saß zusammen. Kajtek hatte einmal dem Fähnrich eins mit dem Karabiner überziehen wollen, Jacek besaß einen bis zur Perfektion geübten verächtlichen Gesichtsausdruck, und ich hatte diesen Blick, und die Arschlöcher dachten, ich täte das mit Absicht. Stimmt gar nicht, das war bei mir immer so. Brauchte nur irgendein Vorgesetzter zu kommen, schon traute er mir das Schlimmste zu. Sie sperrten uns also weg, um uns mürbe zu machen. Sie prügelten uns und sperrten uns weg. Ich hatte eine sehr elegante Zelle. Zwei Schritt Länge, einen halben Schritt Breite. In der Ecke stand das Klo. Und natürlich die Pritsche. Blanke Bretter. Zur Nacht bekam man eine Decke. Es war dunkel wie Arsch. Im Fenster ein Blech, hinter dem Blech das Gitter. Sie ließen es offen, damit es zog. Aber zu tun brauchte man nichts. Man saß einfach. Oder stand. Oder trippelte. Oder lag. Dreimal täglich die Schüssel. Steine und Raupen. Ich hatte ein Stück Zeitung statt Klopapier. Las in einem fort denselben Fetzen. Ich konnte ihn auswendig. Es war etwas über Landwirtschaft, auf der anderen Seite war Sport. Weder für das eine noch das andere habe ich mich je interessiert, aber ich las und las. Aufs Scheißen habe ich verzichtet, um etwas zu lesen zu haben. Ich rief mir mein Leben Tag für Tag in Erinnerung, und da gab es ganz interessante Stellen, die mir vorher nicht aufgefallen waren. Ich legte mich hin, schloß die Augen, und der Film lief ab. Es war hart, es war kalt, aber die Einbildungskraft war rege wie nie. Man mußte sich ständig was ausdenken oder in Erinnerung rufen, um nicht hirnfotzig zu werden. Ringsum dunkel und stumm, da blieb nur der eigene Kopf. Nebenan saß Kajtek, aber die Mauer war so dick, daß sogar das Klopfen sich verlor. Einmal schickte mir jemand eine Zigarette, Streichholz und ein Stück Reißfläche. Ich sagte dem Typ, der das Essen austrug, sie sollten es vergessen. Entweder eine Schachtel pro Tag oder gar nichts. Eine Schachtel kam nicht in Frage. Diese eine Lulle war schon ein großes Glück. Sie wühlten in allem und kontrollierten. Nach einer Woche knöpften sie sich jeden einzeln vor, jagten uns Angst ein, lockten. Gebt auf, sonst bringen wir euch um. Gebt auf, dann kriegt ihr eine Funktion. Unsere geheimsten Wünsche wollten sie erfüllen. Zu mir sagte der Vorsteher: »Du wirst Bibliothekar«. Woher wußte der Schlaumeier das? Denn dort gab es eine Bibliothek. So eine Besenkammer. In der saß ein gewitzter

Hund. Er hatte nichts zu tun. Wenn man ununterbrochen rennt und Gräben aushebt, hat man kaum Zeit zum Lesen. Er verfaßte irgendwelche Rapporte und machte Wandzeitungen. Ausgesprochener Abschaum. Mit Schweinsäuglein. Aber ich kann mich irren. Damals hatten viele für mich Schweinsäuglein. Er sollte bald rauskommen und den Platz freimachen. Im allgemeinen habe ich einen schwachen Charakter, aber ich sagte: »Nein danke, nicht nötig.« Armer Oberleutnant. Den Hauptmann konnte er sich sonstwo hinschieben. Wieder sperrten sie uns weg. Kajtek brüllte durchs Gitter, er sei nicht weichgeworden und wir sollten es den anderen sagen. Ich brüllte auch und Jacek auch. Ganz überflüssig. Niemand war weichgeworden. Das waren Kollegen. Die Funktionshäftlinge und Wachteln kamen angerannt. Wir bezogen Prügel, aber die ganze Anstalt wußte, daß wir nicht nachgaben. Das waren glorreiche Tage, nur daß es verdammt kalt wurde. Wir wußten, daß sie uns nicht ewig so halten konnten. Das war kein gutes Beispiel für die anderen, was immer man von ihnen halten mochte. Schließlich klappte es. Nach drei Wochen sammelten sie uns, luden uns ein und fuhren uns weg. Leider nicht alle zusammen. Die einen hier-, die anderen dorthin. Mich nach Stargard Szczeciński. Ein sehr handfester und sympathischer Ort. Noch von den Deutschen. Da war mal ein Lager. Ganz wie in den alten Filmen. Eine Reihe Baracken, Stacheldraht, Türme. Gefiel mir auf Anhieb. Besonders nachts im Winter machte es Eindruck. Weiß, Frost und Neonleuchten, und wir werden doppelreihig durchgezählt und nach der zweiten Schicht in die Baracken gelassen. Ja. Dort war es in Ordnung. Nur Diebe und Banditen. Alle wußten, was sie zu tun hatten, keine Entartungen à la unproduktive Anstrengung. Wir arbeiteten, schliefen, aßen, vertrieben uns die Zeit. Ein geregeltes Leben. An den Wänden war Eis. Das störte niemand besonders, denn die Zellen waren geräumig, und wenn jemand wollte, konnte er zum Aufwärmen auf- und abgehen. Alle gingen spazieren. Kaum zu glauben, aber man konnte zu fünft herumspazieren, sich unterhalten, und es war eigentlich wie im Park. Nur eben auf und ab. Wir bekamen unsere Bettwäsche und Unterwäsche gewechselt. Kann man nichts sagen. Wir wurden ins Bad geführt. Wenn man das heiße Wasser aufdrehte, wurde es sogar warm. Im Bad wurden Geschäfte abgewickelt. Die Wachteln erlaubten den Besuch bei Kollegen in anderen Zellen. Im Prinzip war das verboten, aber alte Wachteln sind ein bißchen wie alte Diebe: sie haben Realitätssinn. Eine Wachtel zum Beispiel ließ einem, wenn man erwischt worden war, immer die Wahl zwischen ein paar Stockschlägen im Dienstraum und dem Entzug des Besuchsrechts. Alle entschieden sich für die Stockschläge und waren zufrieden. Vom Besuch schmuggelten sie Geld ein. Für das Geld kauften sie Tee bei den Wachteln. Das war auch verboten, aber dennoch ein bißchen erlaubt. Tauchsieder aus Sägeblättern und Rasierklingen waren verboten, aber die Wachteln schalteten nachts den Strom in der Zelle ein, damit die Diebe sich ihren Teesud kochen konnten. Sie konnten ja die Nachfrage nicht beschränken, wenn sie ihr Angebot loswerden wollten. Nach dem beschissenen, absurden Irrenhaus in Płoty imponierten mir diese rationalen Grundsätze sehr. Wie ich schon sagte, der Mensch braucht Sinn und erträgt so manches, um seiner habhaft zu werden. Meine neuen Kollegen waren ziemlich runtergekommen, aber dafür in der Mehrzahl sympathisch. Den Artikel, nach dem ich verurteilt war, achteten sie wenig, ließen es mich aber nie spüren. Sie brachten mir viele neue Sachen bei. Wir saßen um einen Tisch, kauten Brot und spuckten es in eine Schüssel. Dann wurde es auf der Heizung getrocknet, ein bißchen Creme glaube ich dazugetan, und die künstlerisch Begabteren kneteten daraus die Helden von Kindermärchen. Räuber Rumzeis zum Beispiel. Oder

Damenschuhe mit Absätzen. Das wurde dann getrocknet und bemalt. Für so eine Handwerksarbeit lieferten die Wachteln ungemein gern Tee und Zigaretten. Wohl sogar lieber als für Geld. So verbrachten wir die Abende und Nachmittage. Wir erzählten uns Geschichten, die das Blut in den Adern gefrieren ließen. Ich kannte vergleichsweise wenige, hörte also öfter zu, als selbst zu erzählen. Die Position des Zuhörers ist gar nicht so schlecht. Er muß nicht ständig das Wort ergreifen, und niemand wirft ihm vor, er verkaufe die anderen für dumm. Manche tätowierten sich. Das war auch verboten. Sogar ein bißchen mehr als andere Dinge, denn vom Tätowieren hatten die Wachteln rein gar nichts. Ich habe nie eine Wachtel getroffen, die sich hätte tätowieren wollen, erst recht keine, die selbst tätowiert hätte. Am besten tätowierte Mirek. Richtig, der aus dem Lied von Maciek Maleńczuk. Grundanständiger Kerl. Hatte aus Versehen seinen Bruder umgebracht. Tragische Gestalt. Man mußte ihn einfach mögen. Außerdem kannte er Kalibabka. Sie kamen aus derselben Stadt. Maleńczuk hatte auch in Stargard gesessen, aber wir waren uns nie begegnet. Schließlich war das ein Gefängnis, da traf man nicht jeden, den man wollte. In den Zellen hatten wir Klos. Man warf zuerst ein Stück Zeitung rein, um sich den Hintern nicht vollzupladdern. »Fallschirm« hieß das. Wir arbeiteten in einer großen, eisigen Halle. Irgendwelche Teile für Żuk-Motoren. Wir sägten, bohrten, schraubten und so weiter. Alle ackerten wie die Teufel, um nicht zu erfrieren. Gute Methode der Produktivitätssteigerung. Manche legten sich so ins Zeug, daß sie sich bis aufs Unterhemd ausziehen mußten. Der Dampf fuhr ihnen aus dem Mund. Für einen Monat solcher Arbeit konnte man sich zwölf Schachteln Popularne, ein paar Kilo Zwiebeln, zwei Päckchen Tee, an die drei Konserven und ein Viertel Butter kaufen. Nicht übel. Die Leute draußen in der Freiheit bückten sich nach den Kippen an der Bushaltestelle, während wir für einen Extrapreis sogar russische Kosmos oder diese jugoslawischen mit Tabakblatt auf der Packung bekamen. An einem Sonntagmorgen blieb die Lautsprecheranlage stumm. Wir stehen auf, und nichts rührt sich, obwohl sonst immer schon um sechs irgendeine Musik lief. In der ganzen Anstalt eine Stille, fast schon übernatürlich. Und dann hören wir, wie in unserer Baracke die Zellentüren aufgestoßen werden und ein anormaler Aufruhr entsteht. Wir konnten es gar nicht abwarten, daß sie auch uns öffnen würden. Aber im Gefängnis geht alles der Reihe nach. Auch wir kamen dran. Zehn Riesenkerls mit Gummiknüppeln stürmten rein, in Helmen, mit Visieren und Schilden. Sie stürmten rein und versohlten uns wortlos. Sie knüppelten ganz ruhig, ohne Hast, so daß jeder was abbekam. Kaum waren sie fertig, gingen sie schon. Kein Wort des Dankes, kein »Wiedersehen«. Wir spürten, daß Veränderungen eingetreten waren und nichts mehr so sein würde wie früher. Dann meldete sich der Lautsprecher, und wir erfuhren, daß Krieg war. Sie verlasen Bekanntmachungen und Kommuniqués. Niemand verstand ein Wort. Was ein Dieb ist, der hat nur für seinesgleichen offene Ohren. Allerdings war dieser Krieg ziemlich klar. Mann, sogar die Härtesten bekamen leichte Panik. Sogar die Mutigsten waren für ein paar Stunden weniger großkotzig und erzählten nicht mehr dauernd, was sie mit diesem Laden alles anstellen würden. Nackte Angst, das trifft es. Wir sahen uns schon als lebenden Feuerschutz vor den Panzern herlaufen. Sahen uns schon durch Stacheldrahtverhaue hetzen, von Gewehrläufen gescheucht. Strittig blieb nur, mit wem Krieg war. Manche waren fest überzeugt, daß sie uns auf der Stelle plattmachen würden. Andere wieder kombinierten, wenn es Randale gäbe, könnte man sich leichter aus dem Staub machen. Unten vorm Fenster gingen die Kerls mit den Knüppeln auf und ab. Sie donnerten damit gegen die Gitter. Man traute sich nicht, sich rauszulehnen und mit der Nachbarzelle zu reden. Erste Voraussetzung jedes Umsturzes: die Kontrolle über das Kommunikationswesen. Wir saßen mucksmäuschenstill. Aus dem Lautsprecher kam irgendeine Trauermusik. Die Stimmung war erhaben. Erst gegen Abend kapierten wir, daß es ein Krieg gegen das eigene Volk war. Da waren wir ziemlich erleichtert. Als Volk fühlten wir uns eigentlich nicht, daher schien die Angelegenheit uns weniger zu betreffen. Am anderen Tag gaben sie uns Quittungen zum Unterschreiben. Darin stand mehr oder weniger, daß wir keine Ansprüche geltend machen würden, falls uns ein Wachposten ohne Warnung erschießen sollte. Der Ältestenrat versammelte sich und beriet. Schließlich beschloß man, daß wir unterschreiben würden, damit verdammt noch mal Ruhe wäre. Sie würden uns ja auch ohne Unterschrift erschießen. Einer Leiche ist es so was von egal, ob sie unterschrieben hat oder nicht. Abgesehen davon änderte sich nicht viel. Zigaretten wurden Mangelware. Die Wachteln wurden ein bißchen unkollegialer. Das verging ihnen aber bald, denn Politik hin, Politik her, Wirtschaft bleibt Wirtschaft und Absatzmarkt Absatzmarkt. Mit Feinden handelt es sich nicht so gut. In eine Baracke steckten sie die Internierten. Wir sahen sie nicht, aber sie nervten uns. Abends sangen sie religiöse Lieder. Nichts bringt einen Dieb so auf die Palme wie ein religiöses Lied. Wir verwünschten sie lauthals, damit sie endlich Ruhe gaben. Wie soll man fluchen, wenn im Hintergrund »Ach Gott, wie manches Herzeleid« läuft. Insgesamt gesehen, stießen die Freiheitskämpfer bei den am ärgsten Geknechteten nicht gerade auf Sympathie. Ich will hier nicht wiederholen, was wir denen zugebrüllt haben. Sie ließen das Singen bald sein, und die Situation normalisierte sich. Kanäle und Handel kamen in Gang. Sie hatten mehr Zigaretten. Später gerieten sie ganz in Vergessenheit. Sie saßen unter sich, wir unter uns.

Nur wenn wir an die Amnestie dachten, sahen wir rot. Klar, daß sie uns jede Aussicht auf einen Gnadenakt vermasselt hatten. Wie man es auch sieht, populär waren sie nicht. Ich erarbeitete mir eine unfehlbare Hexenschußsimulation. Wenn ich in richtiger Bettwäsche in einer Dreimann-Zelle liegen wollte, ging ich zum Arzt. Ich heulte vor Schmerz, konnte weder Arm noch Bein rühren. Sie drückten mir höllische Spritzen rein. Es lohnte sich trotzdem. Später machten wir auf unserer Station Randale. Ich weiß verdammt nicht mehr, worum es ging. Bestimmt ums Essen. Das ist auch ganz egal. Ein Knacki muß von Zeit zu Zeit meutern. Meuterei ist Ersatz für die Freiheit. Der Grund ist egal. Außerdem muß der Ältestenrat von Zeit zu Zeit seine Führungsqualitäten und seine Autorität beweisen. Eine Meuterei ist so etwas wie das Manöver beim Militär. Wir waren aber nicht so dumm, das Essen zu verweigern. Wir verweigerten nur die Arbeit. Die halbe Station meuterte. Nach wenigen Tagen hatten sie die Rädelsführer rausgefischt und in Einzelhaft gesteckt. Der Rest wurde auf andere Stationen verteilt, und das war's mit der Meuterei. Ich kam in eine andere Baracke, zu einer anderen Arbeit. Wir arbeiteten in Käfigen. Kratzten mit Messern die Isolierung von irgendwelchen halbfertigen Drähten ab und gewannen reines Kupfer. Das war die übelste Station im Gefängnis, aber im Grunde die beste. Wir saßen acht Stunden lang in diesen Käfigen und bekamen keine Wachtel zu Gesicht. Völlige Freiheit. Man trank Teesud, qualmte und redete stundenlang. Wir hatten Boxhandschuhe, aus Decken und Schaumgummi zusammengenäht. Wir lieferten uns Sparringskämpfe. Mit uns saß ein Typ aus Czarne Słupska. Der trainierte uns. Alles streng nach den Regeln. Gewichtsklassen, Ringrichter, all so was. Ich war gar nicht schlecht. Hatte eine gute Reichweite und war ziemlich schnell. Nicht so wie heute. In diesen Käfigen war es dunkel, grausig, und ein furchtbares Chaos. Dort konnte man alles verstecken. Wir hatten sogar Hanteln und Stangen. Irgendwo zusammengeschweißt und reingeschmuggelt. Das war natürlich verboten. So wie das Boxen. So wie das Messerwerfen. Fünfzehn Kerle, eingesperrt in vier Käfigen, mußten sich einfach irgendeine Beschäftigung suchen. Ja. Das war die übelste Station im Gefängnis. Nirgends hab ich mehr Spaß gehabt. Dort hielten sie die Temperamentvollsten. Nie hatten wir Langeweile. Die Neuen bekamen eine Tätowierung mit der Alunadel auf die Brust. Einfach bis aufs Blut geritzt, was einem gerade so einfiel. Alle von der sechsten Station hatten weiße Narben auf dem Brustkorb. Woanders gab's das nicht. Die anderen Stationen waren schlechter. Die hielten nicht so zusammen wie wir. Ich las die »Geschichte der russischen und sowjetischen Philosophie«, Ausgabe von 1953. Ein Schinken. Niemand wunderte sich. Dort hatte jeder seine Macke. Wenn man eine Macke hat, ist die Zeit nicht so bedrohlich. Kartenspiel, Domino, Philosophie, Wichsen, Erzählungen, Hefte mit Knastgedichten, Sportwetten, Messerschleifen, Fitness – jede Art ist gut. Damals begann auch die Hitparade im Dritten. Ziemlicher Schmalz, aber manche blieben da dran wie an der Liga. Ich weiß ums Verrecken nicht mehr, was damals auf Platz eins lief. Vielleicht die armen TSA. Oder die Stranglers. Bestimmt die Steve Miller Band und »Abra-Cadabra«. Wochenlang. Die Stranglers waren wohl schon bald out. Na ja. Mit der Musik stand es nicht zum besten. Ich verlor den Anschluß. Ganz schöne Zwangspause. Erst durch Kaczkowski, dann durch Niedźwiedzki, obwohl der damals noch nicht so ein Edelschmalz spielte wie heute. Er hielt noch hinter dem Berg mit seinem Geschmack und mit der Gruppe Toto. Outete sich erst später. Als er schon etabliert war. Immer und überall lauert Verrat. Wenn nicht Geschichte der Sowjetphilosophie, dann Marek Niedźwiedzki. Bestimmt legte er

Maanam auf. Ja. Aber das war jene legendäre Zeit, als Kora Jackowska nur sang und sich nicht zu außermusikalischen Fragen äußerte. Ich weiß nicht, warum mir bei Steve Miller Mark Bolan und T. Rex einfielen. Ich hatte eine Ansichtskarte von den Bieszczaden bei mir. Wenn's mir schlecht ging, betrachtete ich sie, dann ging's mir noch schlechter. Wir machten Zigarettenspitzen aus Holz. Man hobelte ein Stück vom Hocker ab, durchbohrte es mit einem Draht, und in den Schlot kam das weichgeklopfte Ende einer Zahnpastatube. Ich weiß noch, die Tuben waren damals aus Aluminium. Pollenia-Lechia kostete drei fünfzig. Jedenfalls am Anfang. Später änderten sich die Preise so sehr, daß das Geld, jedenfalls im Knast, völlig abstrakt wurde. Aus einer Tube konnte man auch Kabel für den Tauchsieder aus Sägeblättern machen. Man schnitt das Blech in dünne Streifen und verband sie. Das war nicht eben ungefährlich, aber die Idee stammte von Leuten, die das Risiko liebten. Am schlimmsten war der rote Borschtsch. Überreste von weißem Fett schwammen darin. Ich sage hier nicht, wie wir das nannten. Das übrige war eßbar. Am besten war die gewöhnliche Erbsensuppe. Die läßt sich nicht verpfuschen. Zu Weihnachten bekamen wir heiße Wurst. Manche sichelten sich. Aber eher aus Langeweile als aus Verzweiflung, oder um ins Spital zu kommen und einmal Frauen und zivile Bürger zu sehen. Ich wollte auch sehen, wie die Stadt Stargard aussieht und habe mich gesichelt, aber zu wenig fürs Spital. Offensichtlich zeigte ich zu wenig Entschlossenheit. Als Sledź sich sichelte, spritzte es bis an die Wand. Sie brachten ihn sofort weg. Als er zurückkam, sagte er, ganz Stargard sei ein Loch und es hätte sich nicht gelohnt. Vielleicht haben sie ihn durch die Seitenstraßen gefahren. Anderen hat es gefallen. Hinter der Mauer sah man nur einen Plattenbau. Aber zu weit entfernt, um etwas Konkretes zu bemerken. Überhaupt stand es mit Frauen schlecht. Die Verkäuferin in der

Kantine, und die Gefängnispsychologin. Beide über fünfzig und beide hundert Kilo. Was soll man machen. Vielleicht besser so. Im Sommer war es heiß. Auf der oberen Koje heizte es vom Dach so sehr, daß man sich in ein nasses Bettlaken wickeln mußte, um tagsüber zu dösen. Der Direktor ließ die Dächer aus Hydranten besprühen. Ein menschlicher Mensch. Sie gossen uns auch Wasser durchs offene Fenster in die Zelle, aber nur auf individuellen Wunsch. Im allgemeinen war es vermutlich verboten. Das Wasser versikkerte problemlos im vormals deutschen Beton. Die Freiheit nahte mit großen Schritten. Einen Monat vor der Entlassung beschloß ich, innerlich zur Ruhe zu kommen. Was mich geritten hat, weiß ich bis heute nicht. Zu diesem Zweck verweigerte ich die Arbeit. Für so etwas gab es auf Anhieb einen Monat Isolationshaft. Den bekam ich auch. Ich langweilte mich wie ein Mops. Mir kam kein einziger vernünftiger Gedanke. Nach einer Woche bereute ich schon, nicht bei meinen Kollegen zu sein. Zumal sie, gleich nachdem ich sie verlassen hatte, eine neue Meuterei organisiert hatten. Aber diesmal eine richtig geile Randale. Die ganze Station. Fünfzig Kerle. Mit Sicheln, Hungerstreik, Mobiliarzertrümmern und allem, was dazu gehört. Da saß ich mit meiner inneren Ruhe ... Ich hätte die Wände hochgehen können. Dort geht die Post in der ganzen Anstalt ab, und ich sitze hier und kontempliere. Die Freiheit selbst ödete mich an. Ich erwartete sie ganz ohne innere Überzeugung. Ich lief von Wand zu Wand und zählte die Schritte. Echt blöde. Die ließen ihr Blut, und ich gab hier den Eremiten. Am letzten Tag sah ich sie. Die Fenster der U-Haft gingen auf ihre Baracke hinaus. Sie waren blaß, schwach, aber sie lachten, sie winkten mir zu und brüllten »Freiheit«! Genau wie Mel Gibson in »Braveheart«. So sind sie mir in Erinnerung und werden es bleiben bis in mein Grab. Diese Freiheit gefiel mir überhaupt nicht. Ich war es einfach nicht mehr gewohnt. In Stargard ging ich idiotischerweise in die Buchhandlung und gab mein halbes Bargeld für die *Sonderlinge* aus. Ich stopfte sie in die Tasche und stellte mich an die Ausfallstraße. In dem einen Monat Isolationshaft hatte ich nicht geraucht. Jetzt hatte ich ein Päckchen Carmen. Ich qualmte eine nach der anderen. Es haute mich dermaßen um, daß ich gerade noch ins Gebüsch robben konnte. Ich kotzte wie ein Reiher. Ich hatte einen Filmriß und erwachte in der Dämmerung. Ich war kahlköpfig, abgerissen und höchst verdächtig, aber am Ende nahm mich doch ein Star mit. Drinnen saßen drei Typen. Zwei von ihnen waren einige Monate früher aus Stargard entlassen worden. Wir fuhren bis zu einer Absteige in Piła. Wieder riß mir der Film. Das ist mein Schicksal. In der Frühe brachten sie mich zum Bahnhof, weil sie abbiegen mußten. Ich fuhr mit dem Zug, las Genet und über Genet, und die Schaffner wollten nichts von mir. Ich fuhr in meine Heimatstadt zurück.

Teil Zwei

Ja, das war zu erwarten gewesen: Sie hießen mich willkommen wie einen Helden, als wäre ich mindestens der Zwangsarbeit entflohen, wie Bakunin, und über Sibirien, Kamtschatka und Feuerland in die Heimat zurückgekehrt. Als hätte ich nicht von Appell zu Appell unter einigermaßen humanen Bedingungen meine Zeit abgesessen, sondern wäre verwundet worden und hätte das Banner der Freiheit hochgehalten. Die Männer wollten mit mir trinken, die Frauen mit mir zusammensein. Alles hatte sich geändert. Krosbi war in der Solidarność aktiv. Ostas hatte sich ins deutsche Reich verzogen. Alle rauchten immer mehr Marihuana und gedachten der schwarzen Nacht des Kriegsrechts wie einer nicht enden wollenden Party. Schließlich war Polizeistunde, da versammelte man sich zu Hause und saß bis zum frühen Morgen. Ich fragte Krosbi, was für ein Oppositioneller er gewesen sei, wenn er nicht gesessen habe. Er erwiderte, er sei in den Untergrund gegangen und habe alle Spuren verwischt. Das tat er so erfolgreich, daß sogar die Solidarność ihn vergaß. Ich habe ihn immer bewundert. Wir begannen Bob Marley zu hören. Auch irgendwie ein Schwarzer, klang aber ganz anders. Sie spielten mir die Sex Pistols vor, ich glaubte für alle Fälle nicht, daß man so spielen könne. Daran mußte man sich gewöhnen. Zur Revolution muß man reifen. Überhaupt war ich ziemlich mißtrauisch. Ein Kerl mit Vergangenheit eben. Für meine Kollegen hatte ich nur Nachsicht. Wie die Kinder: Nichts im Kopf als Alkohol, Drogen, Sex und Rock 'n' Roll. Da kam ich mir doch schon etwas reifer vor. Nächtens las ich Genet, nächtens las ich Beckett. Genet machte furchtbaren Nebel. Ich war doch dort gewesen, hatte gesessen, hatte es gesehen, aber was er da beschrieb, war reine Fiktion. Später stellte sich heraus, daß meine Ahnung mich nicht getrogen hatte. Seine Haft war so was wie die Internierung eines Oppositionellen gewesen. Dann schon lieber Beckett. Der hatte nicht gesessen, aber er besaß ein Gespür dafür, was dort abging. Ich las die *Texte um nichts*, das machte mich ganz schön an. So sah es damals in meiner Seele aus. Nichts als existientielle Schwärze bis an den fernsten Horizont. Der Mensch erlebt nie das, was ist. Er erlebt, was war oder sein wird. Ich lief finster herum und wartete, daß mir die Haare nachwuchsen. Als sie gewachsen waren, schnitt ich sie sofort ab. Ich las *Warten auf Godot*. Der schiere Realismus. Als hörte ich meine Kollegen über die Amnestie reden. Ja. Beckett war eine Kanone. Klare Sache. Ich hatte eine ernsthafte Affäre. Schwer erträgliches Gefühl. Ich werde nicht darüber schreiben, denn dies ist kein intimes Tagebuch, sondern die Chronik einer geistigen Formation. Ich suchte Arbeit. Weiß selbst nicht, warum. Vielleicht, weil ich mich ans frühe Aufstehen gewöhnt hatte. Ach so, und natürlich brauchte ich Geld. Ich war es nicht mehr gewohnt, Kohle haben zu müssen. Eine echte Umstellung. Schließlich fand ich eine Arbeit, die meinen damaligen Interessen entsprach. Ich ging als Sanitäter zur Psychiatrie in der Dolnastraße. Auf dem Weg von der Nachtschicht schaute ich bei Fantomas vorbei. Fantomas arbeitete in einem Kiosk. Er saß dort von sieben Uhr an, die Haare rotgefärbt, und verfluchte diese beschissenen Spießer, die den Tag mit einer *Życie Warszawy*, *Trybuna Ludu** und einer Schachtel Extra Mocne begannen. Ich saß ein Stündchen bei ihm, und wir verfluchten gemeinsam diese Rattenhetze. Manchmal rauchten wir einen Joint. Ich brauchte das gar nicht, denn in der Klinik ging ein Höllentrip ab. Eigentlich war ich ja Sanitäter, aber ich wußte bis

* Das »Warschauer Leben« war die wichtigste Tageszeitung, die »Trybuna Ludu« das täglich erscheinende Zentralorgan der KP. (A. d. Ü.)

zum Schluß nicht, auf welcher Seite ich war. Schließlich fingen wir damals an, die Residents zu hören und Castañeda zu lesen. Nicht alle natürlich, aber bestimmt einige. Ich las sogar Laing. Das war nicht ungefährlich. Bald sah ich in den Krankenschwestern Nazibräute. *Einer flog übers Kukkucksnest* las ich zum Glück etwas später. Einstweilen verteilte ich rechts und links Zigaretten, quatschte stundenlang mit denen, die noch reden konnten, und schnürte die Zwangsjacken nur liederlich zu. Manchmal wurde eine Berühmtheit im Delirium tremens eingeliefert. Aber mit den Alkoholikern hatte ich weniger Mitleid. Sie waren soviel unbeflügelter als die Schizophrenen. So einem braucht man nur die Riemen loszuschnüren, schon denkt er nur an das eine. Da sind die Schizos doch eine andere Qualität. Festgezurrt, mit Zwangsjacke oder ohne, hingen sie immer der Mystik und der Poesie nach. In der Nachtschicht legte ich mich auf ein freies Bett und versuchte mir vorzustellen, wie das ist. Manchmal gelang es mir wohl auch. Krosbi wurde ein Jünger von Guru Maharadschi. Er nervte endlos damit. Er bastelte sich einen Altar und machte davor Verbeugungen, Kniebeugen und Liegestütze. Ich war gar nicht dagegen, bis er mir ein Foto seines geistigen Meisters zeigte, da stieg ich aus. Ein Meister, wie ich ihn mir vorstellte, sollte mager sein, sollte etwas von einem Asketen haben, der hier aber war fett wie ein Schwarzhändler, dazu im orangefarbenen Nachthemd. Und grinste wie ein Wonneproppen. Nein. Das war zuviel für mich. Ich war an christlichen Heiligen erzogen, an Alexij, an Simon dem Säulenheiligen, das Ebenbild dieses Schnullergurus riß mich nicht hin. Aber Krosbi ließ nicht locker. Sie hatten so eine Art Windmühlen, die sie vor den Fotos des Meisters drehten. Womit sie ihm praktisch die Energie weihten, die sie erzeugten. Ja, wir waren eine verlorene Generation. Auch die anderen schnappten ständig was Neues auf. Egal was, nur um es aufzuschnappen. Frank Zappa zum Beispiel. Sie konnten stundenlang über ihn quasseln. Ganz ernsthaft, wie in einer Sekte. Franky dies, Franky das. Wenn man sich einmischte, drohten Prügel. Mich turnte Franky nicht an. Zu kompliziert. Ich mochte Rock 'n' Roll. Überhaupt sind Fans am besten geeignet, einem den Künstler zu verleiden. Außerdem, wer Beckett liest, kann nicht Zappa hören. Entweder Fritten oder Titten. Auch der Lange fuhr auf den Maharadschi ab. Aber er quasselte wenigstens nicht davon. Er drehte diese Windmühle, und offenbar brauchte er das. Außerdem hatte er gedient, und ich traute immer eher denen, die wissen, was Sache ist. Krosbi hatte nicht gedient. Er sollte nach Braniewo, zu den Panzern. Hat sich irgendwie rausgewunden. Niemand weiß bis heute, wie. Ich vermute, er war einfach untauglich und hat seine Tricks nur spintisiert. Wir wohnten in Radość. In die Dolna war es verdammt weit. Aber ich war gewissenhaft. Niemals kam ich zu spät, und wenn es notwendig war, schob ich Dienstschichten von sechzehn Stunden. Ich wusch, räumte auf, frottierte. Ich stank nach Lysol wie eine öffentliche Bedürfnisanstalt. Dieser Gestank war unausrottbar. Im Bus rückten die Leute von mir ab. Einige Krankenschwestern hatten ganz schön große Brüste. Das war hinderlich bei der Therapie. Hab ich selbst gesehen. Eines Tages ging ich nicht zur Arbeit. Wie üblich. Vermutlich hatte ich irgendeinen Grund gefunden. Schnelle Entscheidung ist meine Spezialität. Damals fielen Entscheidungen überhaupt leichter. Nicht so wie heute. Man traf eine, viel änderte sie sowieso nicht. Eigentlich konnte man treffen, welche Entscheidung man wollte. Das Gefühl, keinen Einfluß auf das eigene Schicksal zu haben, ist ganz angenehm. Heute herrscht doch angeblich Freiheit, aber die Leute sind unfrei wie nie zuvor. Damals waren wir komplett versklavt, und dennoch tat jeder, was er wollte. Jedenfalls die, die ich kannte. Weiß nicht, vielleicht war es anderswo anders. Man konnte arbeiten, man konnte es lassen – das blieb sich gleich. Ich beschloß, zur Schule zu gehen. Bin übergeschnappt. Ich sagte mir: du machst Abitur. Natürlich kam keine normale Schule in Frage. So wißbegierig war ich nun auch nicht. Aufnehmen konnten sie mich auch nur auf einer einzigen. Am Wiatraczna-Platz gab es damals eine Kultschule der Warschauer Gegenkultur. Sie hieß Schulzentrum für Soziotherapie, kurz SOS. Dort wurden Klienten mit Problemen, mit Vergangenheit und mit mäßiger Abhängigkeit versorgt. Ich erfüllte alle Voraussetzungen und wurde sofort aufgenommen. Einen Stock tiefer amtierten die Barmherzigen Schwestern der Mutter Teresa aus Kalkutta. Einen Stock höher war eine Abendschule für Berufstätige. Nebenan die Kirche. Eins-a-Lage. Ich ging also hin. Auf der Treppe trafen sich alle und besprachen, was sie machen würden. Meistens rauchte man einen Joint und ging raus. Wenn es regnete, blieb man auch mal da. Man zog in den Flur und stand oder saß dort, redete und wartete, daß der Regen aufhörte. Der Direktor war Jac. Eine Seele von Mensch. Er wurde nie wütend. Wenn überhaupt, dann auf die Lehrer. Auf die Schüler wütend zu werden war verboten. Das wurde von zehn Psychologen überwacht. Die Psychologen zankten sich endlos mit den Lehrern, weil diese nicht wütend auf uns werden durften. Man durfte rauchen, fluchen, nicht zum Unterricht kommen, in der Öffentlichkeit flirten. Am Anfang durfte man sogar high sein, nur nicht zu sehr. Wenn jemand zu high war, wurde er rauskomplimentiert oder gebeten, sich unauffällig zu machen. Übrigens waren weder die Lehrer noch die Psychologen geübt darin, zu unterscheiden, wer high war und wer nicht. Erst wenn jemand total hinüber war, merkten sie was. Aber setz mal jemanden vor die Tür, der schon auf dem Zahnfleisch geht. Man setzte ihn an der Wand ab, das war alles. Später lernten sie ein bißchen unterscheiden. Eine sehr angenehme Schule. Soweit ich zurückdenken kann, ist niemand geflogen. Es wurde nur aufgenommen. Es gab so viele Bewerber, daß sie die Kriterien immer weiter verschärften und am Ende nur die Allerschärfsten raufkamen. Tycu zum Beispiel. Ich komme noch auf ihn zurück. Als Schüler habe ich dort drei Monate ausgehalten. Ich verlor jede Illusion, in einem solchen Amüsierbetrieb irgend etwas zu lernen. Aber sausen lassen wollte ich dieses Plätzchen um keinen Preis. Ich wurde Putzfrau. Dort war so ein Dreck, daß mir niemand reinen Gewissens schlechte Arbeit vorwerfen konnte. Alle warfen alles auf den Boden. Was sie gerade hatten und wo sie standen. Kippen, Stullen, leere Flaschen, alles, was überflüssig war oder jemanden ärgerte. Die Mülleimer standen leer. Wenn man das morgens alles auf den Flur fegte, war das ein Berg, daß die Türen nicht mehr aufgingen. Ging etwas kaputt, wurde es ebenfalls weggeworfen. Die Stühle gingen am häufigsten kaputt, weil alle darauf kippelten. Die Bücher gingen kaputt, weil jemand, wenn er etwas lernen sollte, einfach die Seiten herausriß und mit nach Hause nahm, um nicht so schwer zu schleppen. Hefte gab es nicht, jeder verließ sich auf sein Gedächtnis. Besonders die, die ein Kilo Marihuana in der Woche rauchten. Die schönsten Joints drehte Bafel. Fast alle spielten irgendwas. In den Rumpelkammern waren an die drei Schlagzeuge und ein Haufen Boxen eingeschlossen. Die Qualität sei dahingestellt, aber wenn sie richtig aufgedreht wurden, war das sogar im Berufsverkehr bis zum Supermarkt zu hören. Erbarmungslos. Wenn schon Soziotherapie, dann richtig. Ich spielte nichts. Wenn man viel liest, ist nichts mit Spielen. Heute bedaure ich das. Ich hätte weniger lesen können. Zumal die meisten dieser Bücher scheiße waren. Ich hätte ein Instrument ordentlich lernen können. Ich wäre Rock-'n'-Roll-Star geworden und müßte nicht all diese Bücher schreiben. Immer habe ich die Rock-'n'-Roller bewundert. Nie die Schriftsteller. Ich wollte immer sein wie Iggy Pop, nie so wie zum Beispiel Ignacy Kraszewski oder Władysław Reymont. Irgendwo in meinem Leben muß da ein Fehler passiert sein. Diese Zerrissenheit steckt noch in mir. Bis heute beneide ich Rafał Kwaśniewski, aber Czesław Miłosz beneide ich überhaupt nicht. Ich wollte immer eine eigene Band haben. Nie eine Redaktion. Das Leben ist ein Spiel von Zufall, Verrat und Hinterlist. Ja. Immer habe ich Rafał Kwaśniewski bewundert. Für mich spielte er so gut wie Lou Reed. Diese Rechte! Er ging ins SOS. Ich glaube, im SOS hat er auch Still gegründet. Sie spielten beim *Rób Reggae*, und der Keyboarder kriegte einen Krampfanfall. Alle dachten, das sollte so sein, denn das Konzertklima war absolut epileptisch. Sie trugen den Typen raus, und die Jungs spielten weiter. Nicht einen Augenblick wurden sie stiller. Das waren Profis. Eine Hippie-Band hätte bestimmt aufgehört oder dem Kranken das nächste Stück gewidmet. Jawohl. Die Hippies konnte man vergessen. Die Punks waren besser. So ein Abaddon zum Beispiel. Sie spielten, als wollten sie das *Remont* in den Arsch jagen. Kiki brüllte von den »Überbleibseln des Scheißfaschismus«, daß ich schon dachte, sie tragen ihn auch raus. Aber nein. Er ging von allein, und wir tranken danach Salicyl bei Kurczak. Es gab kein Erbarmen. Oder nehmen wir Praffdata. Nur Dudi konnte spielen, und das Orchester war ganz in Ordnung. Der echte Horror auf der Bühne. Die Apokalypse von Grochów. Wer wollte, kam rein und durfte spielen. Es war finster und krankhaft. So 'ne Art besseres Bauhaus. Dudi sang immer wieder »Brillen und Goldzähne werdet ihr nicht brauchen, schnell, schnell«. Und seine Trommel erst. Als wäre daran endgültig etwas kaputtgegangen, und der Weltuntergang sollte schon morgen am Wiatraczna beginnen. Alles hatte Guła sich ausgedacht. Im Ausdenken war keiner besser. Er wohnte in der Majdańska. Sein Vater war glaube ich Militär, und Guła hielt sich überwiegend aushäusig auf. Wir wohnten in der Kobielska. Ein Stück weiter Dudi, genau an der Ecke Kickiego, und noch ein Stück weiter Jakubek. Jakubek spielte auch bei Praffdata. So gut er eben konnte. Normalerweise malte er. Er fand es geil, Federn und andere technischen Einzelteile zu malen. Daraus machte er große farbige Leinwände. Habe nie eine gesehen. Dudi hat's mir erzählt. Einmal auf dem Bahnhof in Zagórze hat Jakubek eine Feder an einer vorsintflutlichen Lokomotive fotografiert. Er geriet in Verzükkung. Die Bahnpolizei nahm ihn als Spion hoch. Früher war das Fotografieren verboten. Überall hingen Schilder mit durchgestrichenem Fotoapparat. Sie nahmen Jakubek den Film ab und wollten ihn der Spionageabwehr übergeben, aber er war vom SOS und hatte eine Bescheinigung, daß er verrückt war. Ich hatte auch so eine Bescheinigung. Das machte Eindruck. Die Bullen ließen dann meistens ab. Das muß aus Rußland gekommen sein, diese Verehrung der Narren in Christo. Dudi malte keine Bilder. Er malte seine Wohnung und strich sie immer wieder neu. Ununterbrochen. Er brachte es fertig, um vier Uhr morgens bei uns vorbeizukommen und ein Zeichendreieck auszuleihen, weil er keinen rechten Winkel hinbekam. Das war Industrie-Art wie bei Jakubek, aber eher abstrakt-geometrisch. Von Techno hatte damals noch niemand was gehört. Ich hatte den schönsten Hauseingang in der Kobielska. Wenn Guła und Jakubek nachts vom Schablonenmalen zurückkamen, drückten sie die letzte auf meiner Haustür ab. Da entstand eine ganze Kollektion. Sonntag vormittag trafen wir uns bei Dudi, weil der einen Fernseher hatte, und guckten die »Vier Panzerfahrer«. Das war eine Kultserie. Ist sie bis heute. Der »Einsatz ...« war nicht mehr so kultig. Wir kannten alle Dialoge auswendig. Gegessen wurden hauptsächlich Käse und Brötchen. Dazu tranken wir Milch. Gehört wurde Police. Gehört wurde B52. Gehört wurden die Talking

Heads. Letztere höre ich bis heute. Besonders »Remain in Light«. Eine Masse Sachen begann mit dieser Platte, und wir hatten eine Masse Verspätung. Deshalb hörten wir das in einem fort. Jedenfalls ich hatte eine Masse Verspätung. Was Warmes gab es bei *Wiosenny*. Mann, und als Nico kam, bin ich nicht hingegangen. Zu Swans bin ich auch nicht gegangen. Hab bestimmt gerade was gelesen. Dafür lief ich wie der letzte Affe zu Leonard Cohen und stand drei Stunden an der Kongreßhalle in so einem Gedränge, daß es weder vorwärts noch rückwärts ging. Ich hatte gefälschte Eintrittskarten, aber andere mit gefälschten Karten kamen rein, ich nicht. Ich stand bei denen, die echte Karten hatten. Die kamen auch nicht rein, weil ihre Plätze von denen mit gefälschten besetzt waren. Solche Dinge gingen ab. Bei Clapton bekam ich eins mit dem Gummiknüppel über und wurde rausgeworfen. Bei Mayal bekam ich mehrere mit dem Knüppel über, bevor ich überhaupt versucht hatte, reinzukommen. Aber wir waren groß genug, um selber zu spielen. Das heißt, ich gerade nicht, aber alle anderen. Góra und Laos gaben Jazzrock, Dżeden klöppelte auf den Trommeln seine Solo-Fritts, Dudi spielte eigentlich alles, denn außer bei Praffdata tobte er noch in irgendwelchen Reggae- und Punkbands, Krosbi zog kompromißlos seinen Folk durch und gründete ständig neue Bands. In einer ließ er sogar mich mitspielen. Er hatte so eine Art Bongos aufgetrieben und befahl mir zu üben. Dieses Schrotteil stammte von einem normalen Schlagzeug für Schlegel, meine Pfoten machten nach zehn Minuten schlapp. Ich blutete, aber ich hörte nicht auf. Und am Ende ließ er mich. Wir spielten in der Altstadt. Eine ernstzunehmende Band. Zwei Gitarren, Mandoline, Kontrabaß, Sopransaxophon und ich als Mukkenpfuscher. Mich rettete nur die langjährige Freundschaft. Die Jungs achteten einfach nicht darauf, wie ich spielte. Bekam jemand mit, was ich da zusammenklöppelte, geriet er sofort aus dem Takt, und mit ihm alle anderen. Also versuchten sie, es zu überhören. So wie ich. Ich guckte beim Kontrabassisten ab. Doch wir kamen auch so gut an. Vor uns spielte nur Maciek Pietraho auf der Straße. Aber der zählt nicht, das war eine absolute Legende und die absolute Spitze der Straßenmusik, des Folk und was nicht sonst. Dem hätten wir höchstens das Futteral tragen dürfen. Macius verstand sogar aus der Rodowiczka so ein Wunder zu machen, daß einem die Tränen kamen und man für die Beseitigung sämtlicher Grenzziehungen in der Musik plädierte. Damals spielte Maciek in Berlin, und wir konnten uns ohne große Blamage produzieren. Unser Repertoire war abwechslungsreich, im Grunde sollte es nur Folk sein, aber wenn Reservisten kamen, spielten wir auch »Die Soldaten ziehen ins Manöver«, nur auf Reggae gemacht. Wenn Damen im Vorkriegsalter auftauchten, zogen wir »La Cucaracha« ab. Und bei vergnügungssüchtigen Ganoven »Felek Zdankiewicz«. Diese drei Stücke kamen im Grunde am besten an. Die Nachfrage nach den anderen war geringer, aber fünfzig Personen standen immer da. Wir spielten meist vor dem *Fukier*. Bei miesem Wetter gingen wir zum Barbakan. Einmal wurden wir sogar zu einer Hochzeit ins *Rycerska* eingeladen. Das war glaube ich der Höhepunkt unserer Karriere. Danach kam die richtige Band, und wir wurden weggejagt. Dennoch war das *Rycerska* damals ein sehr elegantes Lokal. Ich weiß noch, daß wir die Drinks gratis bekamen, bis zum Umkippen. Außer uns spielte in der Altstadt noch Varsovia Manta. Wir kannten uns gut, denn ich war mit Koszmar zur Grundschule gegangen, und wir waren eng befreundet. Er war sogar Meßdiener gewesen. Sie spielten überwiegend an der Ecke Zakrzewski- und Swiętojańska oder näher am Schloßplatz. Warum die Miliz sie immer verjagte, weiß ich nicht. Uns nie. Vielleicht deshalb, weil ihre Musik auf die Bullen ein bißchen kulturfremd wirkte. Wir gingen notfalls als eine Art minderwertige Zigeuner durch. Aber die mit ihren Bambusflöten, der Gitarre aus Gürteltier und der großen Trommel à la scheckige Kuh schon weniger. Aber sie kamen auch so auf ihre Kosten. Wenn sie verjagt wurden, warteten sie eine Weile in einem Hauseingang und fingen dann wieder an. Sie hatten immer eine halbe Stunde, bis die Streife wieder auftauchte. Ganz wie in den »Verbotenen Liedern«. Zudem waren sie beim Publikum beliebt und immer von exotikhungrigen Minderjährigen umringt. Ja. Wir waren reich. Wir tranken ununterbrochen. Nüchtern konnte man nicht ständig dieselben zehn Stücke spielen. Besonders wenn es kalt wurde. Und dennoch gelang es mir, ständig leicht unter Strom, in einer Woche einen Kühlschrank zu verdienen. So war es später nie wieder. Ich sehe ihn noch heute vor mir. Er hatte ein Kupferschild, war sowjetisch und reichte mir fast bis zum Kinn. Ich wollte mir auch noch eine Waschmaschine Marke Polar verdienen, aber der Winter kam. Bei Frost kann man nicht spielen. Bei Frost spielte nur das Orchester aus der Chmielna, aber die waren erheblich älter und mußten irgendeinen Trick haben. Wir bekamen Dollars, Francs und Mark. Ohne mit der Wimper zu zucken, gingen wir in den PEWEX. Einmal habe ich eine große, schöne Dose Kaffee gekauft. Ich trank und trank. Danach dachte ich, ich geh drauf. Der PEWEX war in der Kaleńska. Gleich an der Ecke Kobielska. Im Erdgeschoß unter uns war glaube ich ein Fischgeschäft, und im nächsten Mietshaus ein staatlicher Wodka-Verkauf. Oder vielleicht umgekehrt? Jedenfalls waren ein Fleisch- und Lebensmittelladen auch ganz in der Nähe. Das Fischgeschäft war hilfreich, denn wir hatten eine Katze. Ich erinnere mich, daß frische Plötzen ungewöhnlich billig waren. Fleisch gab's natürlich auf Karten, aber wir gingen in die Grochowska zum Pferdeschlachter, gleich neben dem Café Mulatka, und dort hatten sie alles *skolko* *ugodno** ohne Quittung. Am Wiatraczna war eine Bäckerei. Wenn man nachts zurückkam, gaben einem befreundete Mädchen heiße Brötchen. Man konnte sie nur durch die Kleidung festhalten. Der Duft verbreitete sich über dem ganzen Platz. Flaschenrückgabe war in der Prochowa. Eine zweite im Supermarkt, aber dort standen immer Schlangen, in der Prochowa nie. Höchstens zwei, drei Personen. Wir führten eigentlich ein offenes Haus. Ununterbrochen kam jemand. Ein paarmal sogar die Miliz. Einmal kamen sie rein, versprühten Gas und gingen wieder. Ein anderes Mal blieben sie länger, um die Papiere zu prüfen. Natürlich hatten die meisten ihre Irrenausweise vom SOS. Sie blieben auch nicht allzulange. Aber bis auf die Alte von unten, die alles störte, war das Mietshaus in Ordnung. Ich glaube, niemand arbeitete, denn schon morgens saßen alle auf der Bank neben den Mülltonnen und tranken Wein. In aller Seelenruhe. Wie in einem Mittelmeerstaat. Wein und Geplauder. Keiner zankte, keiner warf mit Flaschen. Nicht so wie heute. Nur diese Alte von unten rief ununterbrochen die Bullen an. Niemand mochte sie. Einmal habe ich ihren Hund auf der Treppe getreten. Er hörte sofort auf zu bellen. Sonst bellte er ununterbrochen, und niemand rief die Miliz. Aber kaum kamen ein paar Leute bei uns vorbei und wir legten die U. K. Subs auf, schon griff sie zum Telefonhörer. Wir waren mit Frau Krysia von nebenan befreundet. Sie kam vorbei, um ein paar Groschen zu borgen oder irgendeine Kleinigkeit zu verstecken, ein Radio, neue Schuhe oder ein Küchengerät. Sie zahlte immer zurück und bedankte sich jedesmal beim Abholen des Pfands. Manchmal kam ihr Mann, aber sie ließ ihn nicht rein. Wir auch nicht, obwohl er es mit Gewalt versuchte. Aber selten. Meistens ließen sie ihn nicht raus. Ich erinnere mich nicht, was für ein Radio wir hatten, aber ver-

* soviel man will (russ.)

mutlich ein Elizabeth-Stereo. Für damalige Zeiten nicht schlecht. Dudi hatte ein Zodiak-Radio. Auch ganz gut. Manchmal kauften wir viel Weißwein, brieten Hähnchen und luden Freunde ein. Wir legten Joni Mitchell auf. Auf Joni Mitchell reagierte die von unten nicht. Irgendeinen Winter tauchten die Literflaschen Wein aus Tschechien auf. Das sagte man so, obwohl es noch keine getrennte Slowakei gab. Wir kauften sie im Laden am Szembek. In demselben Haus wie der Laden wohnte Fantomas. Ein Stück weiter wohnte, wenn ich nicht irre, Skandal vom Dezerter. Grochów war ein geiles Viertel. Ein paar Schritte in Richtung Gocławek wohnte Denek. Ich glaube, Ecke Stoczkowska. Wir wollten bei ihm den *Letzten Tango in Paris* sehen, aber der Lange dröhnte sich während des Wartens so zu, daß er die Lampe umwarf, die Denek besonders liebte. Mit einem Wort – ein Bauer. Dort war auch so eine Lesbe. Sie gefiel mir sehr gut, aber sie haßte Männer. Direkt gegenüber wohnte Napiór. Das Schicksal führte uns immer wieder zusammen. Napiór betrieb immer noch reinen Tachismus, den er an den Wänden aufhängte. Bei ihm konnte man zu jeder Zeit vorbeikommen. Wir holten uns dann bei einem der hundertzwanzig Wodkahöker in der Grochowska eine Flasche und unterhielten uns wie üblich bis zum Morgengrauen über Poesie oder Malerei. Er hatte keinen Kühlschrank, nur so ein Fach unter dem Fensterbrett, wie in Mokotów. In dem Fach war es kalt, aber nur im Winter. Er hatte übrigens auch nie die Gewohnheit, Essen zu horten. Alle hatten Kassettenrecorder, er immer noch einen ZK 246. Der Fußboden knarrte und bog sich durch. In fast allen alten Mietshäusern in Grochów war das so. Holzbohlen und Kachelöfen. Im Herbst kamen Pferdewagen mit Kohle und Pferdewagen mit Kartoffeln in die Kobielska gefahren. Ganz wie früher. Kerle mit Scherenschleifmaschinen kamen in den Hof, und die Frauen brachten ihnen alle stumpfen

Gegenstände runter, die sie im Haus fanden. Die Buchhandlung war gleich neben der Post, an den Arkaden. Ich ging täglich dorthin. Ab und zu stahl ich Bücher. Ich hoffe, das wird mir verziehen. Dort arbeitete ein schüchterner Herr mit Bart, der mir eines Tages im Vertrauen sagte, der zweite Band der *Sonderlinge* sei in Wołomin noch zu kriegen. Ich fuhr sofort hin. Es war dunkel, Herbst, Regen. Die Typen in Wołomin tranken in den Hauseingängen Wein, und ich komme wegen der *Sonderlinge*... Jedenfalls hat mich der zweite Band etwas enttäuscht, im Gegensatz zu Wołomin. Ich bin später nie mehr da gewesen. Aufräumen ins SOS ging ich mit Gośka, Koszmars Schwester. Sie wohnte in der Korytnicka, auf der anderen Seite vom Supermarkt. Wir kauften uns morgens Bier und gingen hin. Vor uns war Janek gekommen und hatte den Herd angemacht. Nichts Großes, Tee, ein paar Schnitten, das war alles. Auf dem Fensterbrett in der Küche stand eine Anlage, und jeder konnte auflegen, was er wollte, aber alle machten doch lieber Dreck. Während dieser morgendlichen Reinigungsaktionen fanden Gośka und ich einen Haufen Zeugs, aber nie etwas Sinnvolles. Die alternative Jugend war bettelarm. Alpaga trank sie eher doch nicht. Im Alltag Bier und Hasch. Um mich auszulüften, fuhr ich in die Berge. Ich dachte mir, ich arbeite ein bißchen körperlich wie ein richtiger Mann. Die Vorbilder bezog ich aus der Schundliteratur, denn die aus der besseren Literatur waren ungemein kompliziert und im sogenannten Alltagsleben absolut nicht zu realisieren. In den Bergen konnte man in der LPG oder im Wald arbeiten. Ich entschied mich für den Wald, der stand in der romantischen Mythologie doch etwas höher als die Landwirtschaftliche Produktionsgenossenschaft. Der Förster war sympathisch. Er trank eigentlich mit allen und verließ das Forsthaus praktisch nie. Man könnte sagen, er übte die geistige Schirmherrschaft aus. Er kontrollierte nie, wieviel jemand geschafft hatte. Er glaubte einem aufs Wort und notierte es in den Papieren. Ich wohnte in so einer Baracke, und im Grunde war es ganz in Ordnung. Bei Regen ging ich nicht zur Arbeit, und niemand machte einen an. Damals regnete es viel. Nicht so wie heute. Im ersten Monat regnete es eigentlich ununterbrochen. Ich bekam einen Lohn, daß mir die Knie weich wurden. Die anderen auch. Das waren gute Kumpel, nur nach der Lohnzahlung veränderten sie sich immer, und ich zog für ein paar Tage aus der Baracke aus. Wenn sie keine Kohle mehr hatten, kam ich zurück. Das ging ziemlich schnell. Zum Lesen hatte ich mir Kierkegaard mitgenommen. *Furcht und Zittern*. Ein guter Titel. Besonders um den Zahltag herum. Eines Tages fand ich Kierkegaard nicht mehr. Der Umschlag lag im Scheißhaus. Ich war zu jung, um die metaphorische Bedeutung dieser Tatsache zu begreifen. Überhaupt war ich damals ziemlich schwach in der übertragenen Deutung der Wirklichkeit. Die meisten Jugendleiden kommen vom unerschütterlichen Glauben an die Existenz der Welt an sich. Die zweite Lohnzahlung war schon weniger berauschend. Es ging bergab im Forstrevier. Ich konnte das nicht begreifen. Schließlich hatte es aufgehört zu regnen, ich ging öfter zur Arbeit als am Anfang. In meiner Baracke gab es keinen Strom. Wenn die Kumpel fernsehen wollten, setzten sie so ein geiles Aggregat in Gang. Die Erde bebte, und das Bild sprang nach allen Seiten. Außerdem war es ein tschechischer Sender. Niemanden störte das. Echtes Grenzland. Die dritte Lohnzahlung war überhaupt nicht mehr ernst zu nehmen. Sie ähnelte dem, was ich in der Stadt verdienen konnte, ohne täglich in den Wald zu gehen, herumzuirren und mit der unermeßlichen Langeweile der Natur auf du und du zu sein. Ich gab die Dienstgummistiefel ab und fuhr zurück. Die Stadt mochte sein, wie sie war, jedenfalls riß mir dort niemand Seiten aus den Existentialisten heraus. Ich konnte wieder eine Stunde täglich als Putzfrau arbeiten, im Trockenen, und brauchte am Zahltag nicht um Gesundheit und Leben zu fürchten. Im SOS arbeitete damals Opa Jarema. Er war Erzieher. Die Schüler schätzten ihn sehr, weil er keine hohen Anforderungen, im geläufigen Sinne des Wortes, stellte. Er forderte lediglich, daß seine Zöglinge kompromißlos ihre Persönlichkeit entwickelten. Ich besaß damals ein Springmesser. Weiß bis heute nicht, woher. Opa Jarema war für die vollständige Legalisierung von Marihuana. Auch auf dem Schulgelände. Vor diesem Hintergrund kam es häufig zu Konflikten mit den übrigen Beschäftigten. Was immer man sagen will, diese Leute stammten mit wenigen Ausnahmen aus einer anderen Welt. Sehr hingebungsvoll und edelmütig, aber sie verstanden die Grundregel nicht, die besagt, daß es Freiheit entweder ganz oder gar nicht gibt. Opa Jarema schlug vor, überall Hängematten aufzuspannen. Jeder sollte liegen, und sobald ihm etwas in den Kopf komme, solle er einfach aufstehen und seine Idee verwirklichen. Alle anderen waren der Meinung, erst die Verwirklichung, dann eventuell die Hängematten. Auf Jac folgte Misiek als Direktor. Er war okay, trug einen Ohrring und spielte gern Fußball. Heute liest er die Sportnachrichten im dritten Programm des polnischen Radios. Wenn Misiek verreiste, überließ er Ninka seine Wohnung. Wir veranstalteten dort Parties. Eine der angenehmsten Wohnungen, die ich kannte. In Ochota, aber die Adresse verrate ich nicht. Vielleicht ist er ja auch schon ausgezogen. Die Fenster waren vergittert, der Hausmeister schloß die Eingangstür ab. Wir hatten ständig Streit mit ihm. Mit dem Hausmeister, denn Misiek wußte von allem natürlich nichts. Dank Opa Jarema wurde ich in der Konspiration tätig, wurde zweimal verhaftet, aber nie länger als 24 Stunden. Wir zogen durch die Straßen und schmiedeten ein Komplott. Alle Wohnungen waren verwanzt. Diese Konspiration ist eine sehr gesunde Beschäftigung – immer an der frischen Luft und in Bewegung. Einmal fuhr ich als Kurier nach Gdańsk. Ich transportierte etwa zweihundert Deutsche Mark. Der ganze Bahnhof war umstellt, alle Straßen ebenso, aber ich kam durch. Ich hatte große Angst vor Folter. Ich wollte Jarema fragen, ob er auch Angst habe, schämte mich aber. Mit uns konspirierte Roland Kruk, der jetzt in Amerika ist und glaube ich einen großen Laster fährt. Auch Gwido Zlatkes konspirierte mit uns. Er ist ebenfalls in Amerika. Ich erwähne sie, damit sie unvergessen bleiben. Wir waren eine anarchistisch angehauchte pazifistische Bewegung. Manche schickten ihre Wehrbücher ans Verteidigungsministerium zurück. Ich nicht. Ich hatte meine Strafe abgesessen und hatte keine große Lust auf eine Wiederholung. Nicht alle wurden eingesperrt, aber Czapa zum Beispiel mußte sitzen. Als er saß, machten wir in seiner Wohnung Parties. Einmal kam sogar Jacek Kuroń. Er nippte am Whisky und redete ununterbrochen. Sehr sympathischer Mensch. Ich bewunderte ihn, hatte aber nicht den Mut, ihn anzusprechen. Jakob Jankowski saß auch, aber in Gdańsk. Er hatte nichts mit dem Prälaten Jankowski zu tun. Ganz im Gegenteil. Gdańsk war zu weit, um bei Jakob Parties zu machen. Bei Czapa war es übrigens ganz gemütlich. Er hatte eine sehr nette Frau. Ausländische Journalisten kreuzten auf, und es gab immer etwas zu trinken. Das erste Mal wurde ich am Ersten Mai verhaftet. Oder vielleicht am dritten? Jedenfalls in dem Dreh. Ehrlich gesagt, ein absoluter Zufall. Ich wollte in die Altstadt, bummeln, und dort stand ein ZOMO-Kordon und sagte, das sei verboten. Hätte ich gehorcht, wäre nichts passiert. Aber ich gehorchte nicht, und sie sackten mich ein. Nichts weiter: Ich will zwischen zwei Zomos durch, sie haken mich unter und bringen mich in die Wanne. Drinnen saßen schon ein paar andere. Sie fuhren uns in die Wilcza. Dort war es saukalt. Erst im Häcksler, dann unten in der Zelle. Was soll's, dachte ich mir, und widersetzte mich nicht. Wichtig war nur, daß die westlichen Journalisten ihre News über die leidenden Helden in der Welt absetzten. Ich schlief eine Nacht durch, jemand schob Zigaretten rein, und dann mußte man auch schon wieder gehen. Für mich war das ein Pappenstiel. Andere hat es mehr mitgenommen. Eigentlich verließen wir mit der Zeit den Untergrund. Wir konspirierten in den Wohnungen. Besonders bei Jarema. Wir lagen da und konspirierten. Stundenlang. Ab und zu bekam ich irgendwelche Papiere und sollte sie irgendwo hinbringen. Meistens zu Roland Kruk. Ich hatte Angst, aber ich tat es. Alle haben das damals getan. Wenn jemand Brille und Bart und einen ausgeleierten Pullover, Ami-Jacke und Segeltuchtasche trug, war klar, daß er irgendwelche Papiere transportierte. Im Bus und in der Straßenbahn warfen wir uns verstohlene Blicke zu, aber kein Pieps, nichts, die totale Konspiration. Ich weiß nicht, was die anderen transportierten, aber auf unseren Zetteln versuchten wir die Typen zu überzeugen, daß sie nicht zur Armee brauchten, wenn sie nicht wollten, denn der Mensch sei frei geboren und als solcher solle er, mit Verlaub, auch sterben. Ich habe damals ein sehr pazifistisches Buch geschrieben, das sie irgendwo publizieren wollten. Ich wußte natürlich nicht, wo. Jarema soll es gewußt haben. Ich bekam sogar Knete, aber letztendlich hat niemand es publiziert, angeblich war es für die damaligen Zeiten doch zu pazifistisch. Das Manuskript ist zum Glück verlorengegangen und ich hoffe, daß es nicht wieder auftaucht. In tiefster Seele bin ich kein Pazifist. In tiefster Seele war wohl nicht einmal Opa Jarema einer, denn wir sprachen häufig mit Bewunderung von Ché Guevara. Gandhi gut und schön, aber bitte in Maßen. Dżekobs Kumpel haben zum Beispiel mal auf einer Demonstration in Gdańsk Jagd auf Milizianten gemacht und waren stolz darauf. Ich beneidete sie sehr. Pazifismus ja, aber davon, den ZOMO-Leuten eins überzubrennen, träumte jeder. Sogar die Mädchen. Überhaupt waren damals für eine antimilitärische Konspiration ganz schön viele Mädchen dabei. Die reinsten Radikalen. Zum Beispiel Mał-gosia aus Gdańsk. Ihr sollte ich die zweihundert Mark geben. Sie ließ mich in der Wohnung übernachten, in der sie mit einer blinden alten Frau lebte. Die Alte durfte natürlich nicht wissen, daß sich in ihrer Wohnung ein Verschwörer versteckte. Schreckensminuten habe ich durchgemacht, als ich in der Badewanne lag und die Alte auf die Toilette mußte. Jedenfalls ist es gutgegangen. Krzysiek Galiński (*Mać Pariadka*, Tschetschenien) saß damals in der Psychiatrie. Seine Mutter machte sich große Sorgen um ihn. Bei Galińskis Mutter war es wohl auch, daß ich Krzysiek Skiba kennengelernt habe, obwohl er sich vielleicht nicht daran erinnert. Er erzählte, wie er in Jarocin Flugblätter verteilte und die Bullen ihn hochnahmen. Er war in Shorts, ohne Papiere, und sagte den Milizianten, er heiße Jimmi Hendrix, und die notierten das. Gdańsk war überhaupt immer radikaler als Warschau, ganz zu schweigen von Krakau. Ich fuhr einmal mit Opa Jarema als Emissär dorthin, und wir hatten nicht mal eine Bleibe. Ein gewisser Kapuśniak hatte uns sitzenlassen, und wir irrten die ganze Nacht im Nebel am Wawel umher. Das heißt, am Ende besorgte uns jemand einen Schlafplatz in Kazimierz, aber wir konnten ihn nicht finden. Wir fanden ihn erst am frühen Morgen. Das war ganz gut so, denn großen Luxus gab's dort nicht. Am angenehmsten konspirierte es sich doch in Warschau. Besonders bei Kasia in der Bednarska. Die Tür ging keinen Augenblick zu. Von früh bis spät kamen die Verschwörer und brachten sehr oft trockenen Wein mit. In der Zimmerecke stand ein schöner grüner Wäschekoffer. Die Teebecher waren gelb und rot. Ich mochte diese Becher sehr. Weiß selbst nicht, warum. Vielleicht weil sie sehr leicht waren. Niemals zuvor hatte ich solche Becher gesehen. Manchmal ging ich nicht zu konspirativen Zwecken bei Kasia vorbei, sondern einfach um zu reden, von Mensch zu Mensch. Eine bessere Freundin zum Reden habe ich im Leben nicht gehabt. Wir plauderten bis zum ersten Morgenlicht. Kasia war gescheit und wußte alles besser als ich, rümpfte aber nie die Nase. Außerdem gab sie mir zu essen. So was vergißt man nicht. Bei Opa Jarema sah es meist schlecht mit Essen aus. Als er einmal versuchte, aus Kondensmilch Sahnebonbons herzustellen, fetzte es die Dose wie eine Granate auseinander. Ich glaube, ich habe nie einen Typen getroffen, der mehr dem Geiste lebte und der Materie soviel Geringschätzung bewies. Bafel dagegen, mit dem Jarema befreundet war, konnte alles. Er überlegte nicht lange, sondern handelte. Ein hübsches Paar. Sie malten und renovierten Wohnungen. Einmal haben sie auch mir einen Job verschafft. Irgendwo in Żoliborz. So eine Intellektuellenklause. Zwei bis an die Decke mit Büchern vollgestellte Zimmerchen. Dann mal du mal. Die Besitzer waren verreist. Ich schleppte diese Regale und Schränke, verhüllte sie mit Papier, Folie, verschob sie, stellte sie um, und doch blieb kein Platz, um den Pinsel zu schwingen. Die nackte Verzweiflung. Ich war am Ende. Schließlich dachte ich, wenn ich schon nicht malen kann, lese ich wenigstens was. Ich las ein paar Tage, und das war okay. Andererseits hatte ich meinen schönen Vorschuß gleich auf den Kopf gehauen, da konnte ich nicht einfach alles hinschmeißen. Schließlich hatte mich Opa Jarema empfohlen. Ich versuchte es also, machte mir einen Kopf, kletterte nach oben, flog runter, kletterte wieder hoch. Als ich am Ende die Zimmerdecke gestrichen hatte, war ich so glücklich, daß ich erneut an die Lektüre ging. Am besten gefiel mir so ein Album mit Illustrationen zu de Sades *120 Tagen von Sodom*. Oder war das zu *Justine*? Weiß nicht mehr. Kann beides gewesen sein. Am schwersten ging es mit der Küche, obwohl dort wie durch ein Wunder keine

Bücher standen. Wie bei Intelligenzlern üblich, hatte nie jemand renoviert. Abkratzen, Waschen, eine Emulsionsschicht unter der anderen, alles umsonst. Immer kam wieder Gelb hervor. Allein für die Küche gingen zehn Liter drauf. Nie habe ich schwerer gearbeitet, aber das Ergebnis war so, als hätte ich nur dagelegen und de Sade angeguckt oder Leszek Kołakowski gelesen. Schließlich übergab ich Jarema den Schlüssel und sagte, das nächste Mal solle er mir eine normale Arbeiterwohnung besorgen. Wie ich später erfuhr, waren die Besitzer nicht begeistert. Hiermit bitte ich sie um Entschuldigung. Ich habe getan, was ich konnte. Mehr oder weniger zur selben Zeit hörte ich in einem fort die Konzertplatte von Black Uhuru. Die Studioaufnahmen konnte man vergessen. Im Studio klingt Black Uhuru wie UB40 oder so. Mehr oder weniger zur selben Zeit inszenierte Tycu im SOS sein Privatspektakel. Wenn jemand in diesem ganzen Sauhaufen eine männliche Hauptrolle spielte, war es bestimmt Tycu (mit »Sauhaufen« meine ich das SOS, nicht das Stück). Die weibliche Hauptrolle spielte Gryzia. Wenn ich es schaffe, komme ich noch auf sie zurück. Tycu war zwei Meter, und manche hatten Angst vor ihm. Vor Persönlichkeiten haben die Leute im allgemeinen Angst. Dieses Stück werde ich nicht vergessen. Das war echt was. In der Ecke der Turnhalle lag ein Haufen Sand. Als hätte ein Kipper ihn dort abgeladen und wäre weggefahren. Es war düster. Natürlich spielte Praffdata (aber ich kann mich irren). Sie spielten, so gut sie konnten, das heißt harte Landung, total unkommerzieller Abgang und so weiter. Und aus diesem Sandhaufen sprang in etwas zu kurzen Hosen der Zweimeter-Tycu hervor und begann zu tanzen. Das ist alles. Tycu tanzt, und Praffdata spielt. Das war etwas so Unheimliches, daß einem Schauder über den Rücken liefen. Der Teufel weiß, was Tycu tanzte. Das waren sein Tod und seine Geburt in einem. Wash and go. Satanismus und Engelsgüte, extreme Menschlichkeit und rohes Vieh. Ja. Tycu war jemand. Sie taten recht daran, ihn ein bißchen zu fürchten. Der Typ war völlig schamlos. Wenn die VRP es überhaupt zu einer Art Dean Moriarty gebracht hat, dann war es Tycu. Schluß mit dem Thema. Der Kerl war einfach unmöglich. Wer ihn gekannt hat, weiß das. Einmal kamen wir nachts von einer Party nach Hause. Ich war auf dieser Party durchs geschlossene Fenster gegangen, was er getan hat, weiß ich nicht, denn ich war mit mir selbst beschäftigt. Jedenfalls fuhren wir zusammen zurück. Es war mitten in der Nacht und in Służewiec Przemysłowy, wo um diese Zeit nichts war, nur die Öde der Industrien, Wind, Zugluft, die verlorenen Seelen verstorbener Computer und keine Hundeseele. Tycu guckte aus dem Fenster, sagte: »Scheiße Mann, hier war ich noch nie«, brachte den Fahrer mit Gewalt zum Anhalten, stieg aus und verschwand in der Dunkelheit. Ganz Tycu. Zur selben Zeit hat Mareczek sich beschnitten. Er sagte, er sei zu einem wichtigen Juden gegangen, aber der habe ihm gesagt, der nächste sei in Budapest. Damals war die Ausreise schwierig, außerdem war Mareczek arm wie eine Kirchenmaus, also machte er es selbst. Kurze Zeitvorher hatte er Bullen und Stasi zum SOS gelockt. Mit einem Kumpel hatte er aus Baustellenbrettern ein fünf Meter hohes Kreuz gebastelt und die Fassade der Schule damit verschönt. Das war damals nicht die Zeit für religiöse Manifestationen in staatlichen Einrichtungen, und Misiek mußte ganz schön schwitzen, um das alles abzuschrauben. Mareczek muß in der Ząbkowska gewohnt haben, in einem total runtergekommenen Mietshaus. Ein Nachbar hatte ihm die Tür mit der Axt gespalten, weil er sich im Suff in der Etage geirrt hatte. Ich mochte Mareczek sehr. Ich konnte mich gut mit ihm unterhalten. Er hatte sehr komplizierte und interessante Ansichten. Ungefähr zu der Zeit wurde der Alkoholnachtverkauf im Supermarkt eröffnet. Wir gingen trotzdem weiter zum

Wodkahöker, dort war es interessanter, und es gab immer dieses Moment von Risiko. Erstaunlich genug, daß die Höker durch diesen Nachtverkauf keinerlei Einbußen erlitten. Sie hatten ihre Stammkunden, die nichts von liberalisierten Ladenöffnungszeiten und derlei Innovationen wissen wollten. Das Volk ist konservativ. Außer es steht gerade eine Revolution an. Dann ist es radikal. Damals verhieß nichts eine Revolution. Wir dachten, es würde immer so bleiben. In der Kaleńska würde immer ein PEWEX sein, dort würden die Schwarzhändler stehen, ein Anruf würde immer zwei Złoty kosten und vom Automaten an der Pac-Straße würde man immer umsonst nach Schweden oder auch nach Amerika telefonieren können, im Supermarkt an der Wiatraczna würde es immer Bier geben, das anderswo nicht mal in homöopathischen Dosen zu finden war, mit einem Wort, wir glaubten daran, daß die Welt eine geschlossene und mehr oder weniger akzeptable Form besitze. Wir waren die letzte glückliche Generation. Kaffee trank man in diesem Loch an der F-Haltestelle am Rondell. Ich erinnere mich nicht, wieviel er kostete, aber er war stark und gut. Und dieser Blick auf den Kreisverkehr, auf die Endhaltestelle der Tram, diesen ganzen Saustall Grochów, die Flucht der Washington-Straße, in der es ein paar Haltestellen weit nichts gab außer einem Tapezierladen und den fernen Himmel des Stadtzentrums in fliehender Perspektive. So war das. Kaffee vermutlich zu 10,50. Ohne Sahne. Gleich nebenan Schillerlocken. Eine glänzende, silberne Maschine füllte die Waffelröhrchen. Schlagt mich, aber wieviel die Schillerlocken kosteten, weiß ich nicht mehr. Dafür war am Washington-Platz so eine Kneipe mit bunten Plastiktischchen in seltsamen, fließenden, ovalen Formen. So was wie Reliefs von Man Ray. Dort ging fast niemand hin. Es zog am Boden. Damals zog es in allen Kneipen am Boden. Auch in der Straßenbahn und im Bus. Niemand regte sich über die

Zugluft auf. Alle dachten, das wäre normal. Man schloß die Tür, aber gleich kam der nächste und ließ sie offen. Dafür gab man seine Fahrkarte beim Aussteigen aus der Straßenbahn oder dem Bus jemandem, der gerade einstieg. So eine nette Gewohnheit. Alle kämpften damals gegen den Staat, da war jedes Mittel recht. Die Fahrkarten für den Schnellzug waren schwarzweiß, wenn jemand Zugang zu einem Kopierer hatte, machte er gleich ein paar hundert Stück und verteilte sie. Die politisch Indifferenten haben bestimmt damit gehandelt. Dudi schrieb »Senf und Essig« an die Mauern, und alle wußten, daß das absolut politische Graffiti waren. Wenn jemand einen ausgeleierten Pullover hatte, steckte er sich einen Stromwiderstand an. Niemand von meinen Kumpeln hat das gemacht. Ich trug die ganze Zeit einen runden Button von den Sex Pistols. Den hatte ich glaube ich von Kurczak. Andere trugen fünfzehn unterschiedliche Buttons auf einmal. Krosbi heiratete und wechselte den Glauben. Jetzt war ein gewisser Ole Nydhal sein Meister. Ein Däne, glaube ich. Sehr gutaussehender Mann. Krosbi war wohl sein einziger männlicher Jünger. Alle anderen waren Mädchen. Seine Frau hatte ihn zu dieser Konversion überredet. Dieser Däne lehrte tibetanischen Buddhismus. Warum eigentlich nicht. Ich kenne mich da nicht so aus, aber das wirkte schon ein bißchen seriöser als dieser ganze Maharadschi. Krosbi ist dann sogar einmal in den Himalaya gereist. Tibet ist zwar chinesisch besetzt, aber Nepal ist fast Tibet. Wir sahen uns damals seltener, denn Ehe ist immerhin Ehe. Er wohnte auch in der Jerozolimskie-Allee in einem Mietshaus mit Sprechanlage. Solche Haussprechanlagen waren damals eine Seltenheit, die Leute fürchteten sich davor. Pardon, keine Sprechanlage, sondern der Hauswart schloß um zehn den Eingang ab. Es war erniedrigend, so einen Glöckner um Mitternacht um das Öffnen der Tür zu bitten, weil du den Wunsch hast, deinen Freund zu sehen. Und dann rück dafür noch Kohle raus. Das ertrug ich schlecht und mied es, so gut ich konnte. Tonic wurde in schmalen Flaschen ohne Etikett verkauft. Ich frage mich, warum. Ich frage es mich bis heute. Aber die Zitronette hielt sich sehr gut. Sie war leicht trübe und ganz in Ordnung. Es gab noch Club-Cola und Polokokta. Flüssigfrucht hielt sich glaube ich auch noch, aber hauptsächlich auf dem Land. Dafür tauchten getrocknete Garnelen auf. Sie wurden in heißes Öl geworfen und trieben so schön auf. Der Lange hat einmal eine ganze Packung davon gefressen und bekam danach fürchterliche Gewissensbisse. Er hatte gedacht, das wären Kartoffelchips, und er war damals strenggläubiger Vegetarier. Damals waren viele Vegetarier, aber alle aus religiösmoralischen Gründen, nicht aus gesundheitlichen. In den Fischläden tauchten Tintenfische auf. Russische Iwaschi-Heringe tauchten auf, in Dosen groß wie Panzerabwehrminen. Sie erinnerten überhaupt nicht an Heringe und waren, ehrlich gesagt, absolut abscheulich. Auch Meerkohl tauchte auf. Ebenfalls von den Russen. Bestimmt von den Solowki-Inseln. Das war das letzte Schweinezeug, ehrlich. Es hatte nicht die geringste Ähnlichkeit mit Essen. Nach Tschernobyl tauchten moldawische Weine auf. Wir tranken Unmengen davon, denn sie waren köstlich und billig. Halbtrockene Rote. Der aserbaidschanische Portwein dagegen war unbrauchbar. Einmal haben wir polnischen Schaumwein Pieniawa gekauft. Er landete im Spülbecken, also kein Kommentar. Am köstlichsten, nur eine Spur zu teuer waren rumänische Mamaia und Cotnari. Ja. Das war was. Weißer Halbtrockener, oder vielleicht Halbsüßer. In solchen schlanken Flaschen. Bier nur von der Brauerei Warschau oder Warka. Das Warschauer war im allgemeinen besser, obwohl sich das Pułaski aus Warka ab und zu auch trinken ließ. Bestes Musikgerät war das Radmor-Radio. Unter den Plattenspielern wohl Fonomaster. Man kam ins Geschäft und hatte keine Probleme mit der Auswahl. Es war vielleicht ärmlich, aber weniger hektisch. Alle wußten, daß man beim Wodka keinen Baltycka kaufen und beim Wein den Okęcie meiden sollte, bei den Zigaretten die Popularne aus Łódź, und das war die ganze Überlebensphilosophie. Immer noch konnte sich niemand ein Taxi leisten. Als wir einmal eins genommen hatten, mußten wir mit dem japanischen Klappregenschirm einer soeben gemachten Bekanntschaft bezahlen, die wir zu einer Party eingeladen hatten. Die Party war bei Leworęki von Varsovia Manta. Diese Bekannte war ein bißchen sauer, denn sie hatte gedacht, das wäre ein eleganter Empfang oder wenigstens mit belegten Brötchen. Sie ging dann auch sehr bald. Ja. Aber das war glaube ich ein bißchen vorher. Vielleicht sogar vor der Gründung des Varsovia. Jedenfalls fuhren wir irgendwo von Rembertów bis in die Rakowiecka, ein Wunder, daß der Regenschirm reichte. Als Krosbi geheiratet hatte, wurde er ganz wichtig. Er behandelte mich von oben herab. Ich glaube, er hatte recht. Ich hatte überhaupt nicht vor zu heiraten. Ganz im Gegenteil. Ich war Zeuge bei seiner Trauung, und auf der Hochzeit warf ich meine eigene Hose ins Aquarium. Nicht ausgeschlossen, daß das mein Protest gegen die Verbürgerlichung war. So genau kann ich mich nicht mehr erinnern. Ich habe auch irgendeine antike buddhistische Trommel kaputtgemacht. Völlig ohne Absicht, aber immerhin. Danach war es mir peinlich. Überhaupt kam so eine Zeit, in der mir nichts gelingen wollte. Ich ging sogar zu einem befreundeten Arzt und bat ihn, mir etwas auf den Arsch zu nähen. Zum Glück hat er mich einfach davongejagt und gesagt, ich solle mich nicht zum Affen machen und mich endlich wie ein Mensch benehmen. Das war ein sehr vernünftiger Arzt. Ich hatte überhaupt das Glück, auf vernünftige Menschen zu treffen. Eine Psychologin vom SOS sagte mir, ich solle keine Angst haben, verrückt zu werden und in der Klinik zu landen, solche wie ich kämen nur ins Gefängnis. Die seien gesund wie die Fische, nur mit einem schwierigen Charakter. Wenn ich mit irgendwelchen Phantasieproblemen zu ihr kam, schimpfte sie mich einfach aus und sagte, ich solle mich anständig benehmen, statt dauernd zu grübeln, was mit mir nicht in Ordnung sei. Ich mochte diese Psychologin sehr. Bei dieser Gelegenheit möchte ich sie grüßen und ihr, wo immer sie sei, mitteilen, daß sie absolut recht hatte. Ich hatte einfach zuviel Kępiński und all diese Antipsychiater gelesen. Sie schrieben so schön über all diese Krankheiten, daß man nur noch scharf darauf war, ein anständiger Paranoiker oder Schizo zu werden. Ein weiterer vernünftiger Mensch, den ich im Leben kennengelernt habe, war Tadeo. Er war der erste, der mir sagte, ich solle lieber schreiben, statt rumzuhängen. Ja. Tadeo war ein Original. So gern lief ich nachts mit ihm durch die Stadt und schwatzte über Poesie, Literatur und das Leben im allgemeinen. Niemals später habe ich mit jemand so schwatzen können. Außerdem wußte man, wenn man mit ihm unterwegs war, nie, wo man landen würde: auf dem Milizrevier, auf einer eleganten Party oder unter den Schuhsohlen von Banditen, denn Tadeo hatte die Gewohnheit, alle absolut gleich zu behandeln. Außerdem ging er christlich davon aus, daß alle genauso witzig, geistesgegenwärtig und spontan wären wie er. Manchmal war es wirklich schwer. Er hatte einen außergewöhnlich schwierigen Charakter, und man mußte ihn wirklich mögen, um es mit ihm auszuhalten. Aber wenn man hörte, wie er kilometerweit Gedichte auswendig zitiert und danach über sie spricht, war man hin und weg. Und er hatte ein gutes Herz, das ist ja das wichtigste. Ich hoffe, er kommt irgendwie klar, denn Leute wie er kriegen gewöhnlich stellvertretend für die, die es wirklich verdient hätten, eins vom Leben in die Fresse. Eines Tages kam Opa Jarema und sagte, ich solle ein Buch über das Gefängnis schreiben. Ganz einfach: setz dich hin und schreib. Ich zuckte die Achseln und faselte, das sei mir zu kompliziert. Bald darauf fuhren wir zum Arbeiten und Konspirieren nach Wrocław. Das heißt wir konspirierten in Wrocław und arbeiteten in so einer beschissenen Zuckerfabrik sechzig Kilometer von Wrocław. Wir machten irgendwelche Höhenarbeiten, Seile, Abfahrten und so weiter. Am besten darin war natürlich Bafel. Er düste ohne Sicherung über irgendwelche rasierklingenschmalen Balken zwanzig Meter über der Erde, als hätte er überhaupt keinen Schiß, so wie diese Indianer, die keine Höhenangst kennen. Ich hatte Höhenangst, aber wie, und war froh über all die Sicherungen, Karabinerhaken, Schnallen und so. Ohne die Kohle hätte ich einen Teufel getan. Wir arbeiteten zwölf Stunden, und abends saßen wir in einer Arbeiterbaracke. Getrunken haben wir nicht viel, denn weder Jarema noch Bafel, noch Guła, der auch mit dabei war, gehörten zur harten Säuferfraktion. Außerdem, in dieser Höhe einen Kater zu habe, vielen Dank. Wir langweilten uns also ein bißchen, denn außer der Zuckerfabrik gab es in diesem Kaff nichts. Die einen langweilten sich so, die anderen anders, und ich kaufte mir aus Langeweile ein Heft und einen Kugelschreiber. Ich setzte mich eines Abends hin und schrieb, wie mir Opa Jarema geraten hatte, ein Buch über das Gefängnis. Sobald ich mich mal hingesetzt hatte, schrieb ich eigentlich ununterbrochen, bis ich müde wurde. Zwei Wochen habe ich alles in allem gebraucht. So lange wie die Arbeit in der Zuckerfabrik. Ich hatte keine Ahnung gehabt, daß es so leicht ist, ein Buch zu schreiben. Nach Warschau zurückgekehrt, tippte ich das ganze Heft ab und brachte das Typoskript Jarema. Er nahm es, las es und sagte, er werde tun, was er könne, denn das Ding sei gar nicht ohne und gefalle ihm. Mit wem und wo er tat, was er konnte, sagte er mir natürlich nicht, denn das war konspirativ und ich hätte mich unter der

Folter verplaudern können. Das war Prinzip. Es dauerte und dauerte. Jarema druckste, brummelte was, man kennt ihn ja, aber ich sah, daß es nicht klappte und ihm einfach peinlich war. Am Ende rückte er damit raus und sagte, das werde nichts, das Buch sei eine Spur zu knastig für diese Zeiten. Was soll's, dachte ich. Das eine zu pazifistisch, das andere zu knastig. Im Grunde keine Katastrophe. Über der Erde wartete man fünf Jahre auf die Veröffentlichung eines Buches, da konnte man auch im Untergrund warten. Vielleicht würden sich die Zeiten ändern. Eigentlich vergaß ich das ganze völlig, denn gesellschaftlicher Verkehr und Gefühlsleben haben mich schon immer stärker in Anspruch genommen als die Literatur, und hier kam noch die konspirative Arbeit hinzu. Zweimal im Jahr begaben sich die Aktivisten unserer Bewegung auf eine Wallfahrt zum Grab von Otto Schimek. Das Grab befand sich in dem Dorf Machowa bei Tarnów auf einem gewöhnlichen Kirchplatz. Otto Schimek hatte sich während des zweiten Weltkriegs geweigert, auf unsere Leute, das heißt Zivile, zu schießen. Er war in der Wehrmacht und sollte eine Exekution durchführen. Er tat es nicht, also nahmen seine Wehrmachtskameraden die Exekution an ihm vor. Hochanständiger Mann. Kein Wunder, daß er zum Heiligen der pazifistischen Bewegung wurde. Zweimal im Jahr sollte die ganze Bewegung sich dorthin begeben. Zum Todestag und Geburtstag. Beim ersten Mal machten wir das individuell, je nachdem wie man gerade konnte. Ich sollte eigentlich mit Opa Jarema fahren, aber es ergab sich, daß ich den Langen traf und beschloß, ihn für unsere Sache zu gewinnen. Das ging ganz gut, aber wir vergaßen, Fahrkarten zu kaufen und mußten in Radom vor den Kontrolleuren abhauen. Das gelang, obwohl sich die Bahnpolizei einschaltete und wir uns unter den Zügen verdrücken mußten, ganz wie in einem Kriegsfilm. Viel Zeit kostete es uns dann, einen Wodkahöker zu finden, der um

Mitternacht auf hatte. Unsere Nerven spielten verrückt, da mußten wir uns beruhigen. Als wir einen getrunken hatten, stellte der Lange fest, daß er müde war und mit dem nächsten Zug nach Hause ins eigene Bett wollte. Mit ihm war das immer so. Essen und Schlaf waren heilig. Satt gegessen und ausgeschlafen, wäre er mit dir in die Höhle des Löwen gegangen oder hätte eine Weltrevolution vollbracht. Mit hungrigem Magen – niemals. Ich fuhr allein per Anhalter, dann mit noch etwas und kam gerade zurecht, als die Pilger die letzten paar Kilometer auf einem wunderschönen Weg durch den Herbstwald zurücklegen wollten. Es kam bloß nicht dazu. Aus dem Wald fuhren Wannen und Geländewagen, und aus war's mit uns. Die letzten fünf Minuten hatten wir, als ein Feldwebel auf unsere Mannschaft zukam und, wie üblich, die Personalausweise verlangte. Alle gaben ihm die Ausweise und gingen weiter. Und dieser arme Feldwebel stand mit einem Stapel Personalausweise in der Hand und konnte nicht fassen, daß die Inhaber einfach weggingen. Er schrie ihnen nach, das ist unmöglich, das geht nicht, er hat doch unsere Papiere. Doch die Siege des Anarchismus, das lehrt die Geschichte, sind immer illusorisch und von kurzer Dauer. Die Wannen kamen näher und luden uns einfach ein. Niemand wehrte sich besonders, denn gemeinsam ist man frohgemut. Sie haben, wenn ich mich recht erinnere, nicht mal besonders geknüppelt. Das nächste Mal waren wir schlauer. Wir mieteten einfach in Warschau zwei Busse, die uns vor Ort brachten. Die Stasis waren zwar da, aber sie fotografierten und filmten uns ganz höflich, ohne in unsere Feier einzugreifen, die übrigens religiös war, denn die Messe hielt ein örtlicher Priester ab. So sah unser Anarchopazifismus aus. Die Priester gaben uns ihren Segen, und die Kirche gewährte Zuflucht. Ich erinnere mich, daß manche während der Messe im Gebüsch Wodka tranken. Unter anderem Piotr Ikonowicz, was zu melden ich als Chronistenpflicht erachte. Damals war ich schon ein, um es so zu formulieren, gefühlsmäßig freier Mann, wiewohl ich aus diesem Grunde heftig litt. Das schwierige Gefühl erwies sich als zu schwierig. Ich hätte mich zwar noch ein bißchen länger gequält, doch zum Tango gehören, wie der neueste Schlager besagt, zwei. Außerdem war ich, scheint mir, der etwas weniger Gequälte. Bald darauf hatte ich eine Reihe flüchtiger Affären, auf die ich nicht eingehen werde, weil das höchst unelegant ist. Aus einigen sind Freundschaften geworden, was mir sehr angenehm war, denn Leute, die eine Zeit zusammen verbracht haben, sollten danach nicht so tun, als kennten sie sich nicht. Jedenfalls hat sich dann doch alles zum Guten gewendet: Ethisch befreit, konnte ich mich ins weitere Leben stürzen. Etwa zu jener Zeit lernte ich Karol und Pluszowy kennen. Der erste unterstützte mich körperlich und emotional, der zweite intellektuell. Bisweilen tauschten sie die Rollen, bisweilen unterstützte ich sie, bisweilen war nicht ganz klar, wer wen unterstützte, und ob der Blinde nicht den Einäugigen führte. Karol lernte ich kennen, als er im Bett lag und aus körperlicher und moralischer Schwäche nicht mehr hochkam. Die letztgenannte rührte daher, daß seine Frau (schon bald darauf – Exfrau) weggefahren war und er ihr Vertrauen mißbraucht hatte, indem er sein ganzes Gehalt, ihr Gehalt sowie das Gehalt der nicht anwesenden Schwiegermutter verpraßt hatte. Ich lernte ihn kennen, als er gerade dabei war, die Ersparnisse der Schwiegermutter zu verprassen und die Gefriertruhe zu plündern, in der ungefähr fünfzig Kilo unterschiedlichste Fleischsorten überwinterten. Ich erkannte unsere Seelenverwandtschaft sofort. Ich tröstete ihn, das könne jedem passieren, er solle sich keine Sorgen machen. Ach, das waren schöne Tage. Die Schwiegermutter hortete ihre Ersparnisse in Devisen. Morgens nahmen wir ein Taxi und fuhren zu einem der zahlreichen Höker. Mit Dollar kauften wir polnischen Wein. Ich weiß nicht, ob ihr euch erinnert, aber in der schwarzen Nacht des Kommunismus war Alkohol im staatlichen Verkauf erst ab dreizehn Uhr zu haben. Die PEWEX hielten sich zwar nicht an diese Sitte, aber soviel Ersparnisse waren das auch nicht. Vom Höker zurück, brieten wir uns Schweinefleisch. Oder Rind. Oder beides. Dann kamen die Kollegen. Dann die Kolleginnen. Dann gingen wir in ein ganz normales Geschäft. Dann bereiteten wir uns wieder etwas zu. Ununterbrochen lief der Fernseher. Das war die längste Party, auf der ich je war. Gut, daß dieser Fernseher lief, denn nach Sendeschluß zeigten sie eine Tafel: morgen Montag, morgen Dienstag usw. Ohne das wär's happig geworden. Einmal gingen wir mit einer Freundin spazieren, aber wir spazierten auf dem Dach eines Hochhauses, und die Freundin wollte nach Hause. Als das Fleisch in der Gefriertruhe und die Ersparnisse in der Vase zu Ende gingen, blieben auch die Kollegen und Kolleginnen aus. Ein ehernes Gesetz. Am Ende blieben nur wir zwei. Karol sah aus wie zwei Häufchen Unglück, denn seine Frau (in Kürze – Exfrau) und die Schwiegermutter sollten in wenigen Tagen aufkreuzen. Einmal versuchten wir aufzuräumen, aber der Teppich war so mit den PVC-Fliesen verklebt, daß man ihn nicht anheben konnte. Außerdem war das ein schwindelerregendes Stockwerk, und wir hatten keine Lust, all diese Flaschen zu tragen, wohl an die tausend. Wir konnten nichts machen. Andererseits konnte ich Karol nicht so zurücklassen. Wie denn? Ich sagte: »Alter, hauen wir ab in die Berge. Dort ist es still, ruhig und wir überlegen, was wir mit alldem anfangen.« Da sind wir abgehauen. Übrigens mit dem Auto der Schwiegermutter, ein anderes hatten wir nicht. In der ersten Nacht in den Bergen wachte Karol ganz selig auf und sagte: »Ich habe geträumt, es ist Krieg.« – »Na und?« fragte ich. »Ich habe geträumt, dort ist eine Bombe eingeschlagen und von alledem ist keine Spur geblieben«, erwiderte er. Er sagte das so wie Martin Luther King in seiner berühmten Rede: »Ich hatte einen Traum …« Als wir zurückkamen, war die Scheidung de facto gelaufen. Karol stellte das Auto auf dem Parkplatz ab und rief an. Sie waren nie ein gutes Paar gewesen. Von Anfang an nicht. So habe ich Karol kennengelernt, der mich später in diversen vergleichbaren Situationen unterstützt hat. Wie ich Pluszowy kennengelernt habe, weiß ich nicht mehr. Er und Karol mochten sich jedenfalls, das war das wichtigste. Wir sahen uns sehr oft. Manchmal mehrere Tage hintereinander, weil niemand aus dem Haus gehen wollte. Zu wem hätten wir gehen sollen, es waren doch alle da. Pluszowy war mein geistiger Vater, obwohl er mir manchmal weismachen wollte, er wäre mein Sohn. Wie auch immer, eine Zeitlang waren wir eine Familie. Pluszowy wußte alles, dafür bewunderte ich ihn. Er wußte zum Beispiel, wer bei der Weltmeisterschaft 1984 den Dreisprung gewonnen hatte. Ach was, '84. Er wußte, wer bei der Viermalhundertmeter-Staffel der Frauen 1965 den zweiten Platz gemacht hatte. Er hat auch Nabokovs *Blasses Feuer* übersetzt, bevor es auf polnisch erschien, weil er ganz einfach neugierig war, wie das klingt. Er hat ein paar Bücher geschrieben, die ihm aber alle nicht besonders gefielen und die er deshalb in der Schublade hielt. Wenn ich brav war, durfte ich ein bißchen darin lesen. Ein paar andere hatte er im Kopf, wollte aber keine Zeit auf das Aufschreiben verschwenden. Wir redeten tage- und nächtelang. Einkaufen ging ich, denn er hatte eine leichte Aversion gegen die Wirklichkeit. Er legte mir die ersten Platten von Roxy Music auf und wollte mich überzeugen, daß die Sex Pistols zwar eine ganz gute Band seien, aber mal nicht übertreiben. Er gab mir Roussels *Locus Solus* zu lesen und riet mir zur Geduld. Seine Obsession war ein Buch über grusinische Schachspielerinnen. Er hatte überhaupt eine Menge Obsessionen, ich dagegen fast keine. So was imponiert immer. Ich machte ihn mit mehreren Freundinnen von mir bekannt, aber er hatte eine Obsession in puncto Einzelheiten und fand immer etwas. Wenn so eine Freundin ging, war es meist schon eine völlig andere. »Ist dir aufgefallen, wie sie den Tee umrührt?« fragte er, und alles stürzte zusammen wie ein Kartenhaus. Wir sprachen sehr viel über Frauen. Wer weiß, vielleicht mehr als über alles andere, die Literatur eingeschlossen. Er langweilte sich sehr leicht. Das war auch eine Obsession von ihm. Einmal gingen wir an einer natürlich verbotenen Stelle über die Łazienkowska, und ihm wurde so langweilig, daß er auf dem Rasen zwischen zwei Fahrstreifen einschlief. Ich mußte ihn wecken. Er schlief auch bei einem Film mit dem Titel *Fahrstuhl zum Schafott* ein. Wir waren von morgens an aufgeregt gewesen, daß wir den alten Davis hören und ordentliches *cinema noir* sehen würden. Ich hatte mitten in der Vorstellung was zu erledigen und mußte raus. Als ich zurückkam, war das Licht an und die Kassiererin rüttelte Pluszowy, er solle aufstehen. Eines Tages sagte er mir, ich soll die Finger von Genets Prosa lassen, das sei Pfusch. Er sagte, ich solle die Stücke lesen. Das tat ich auch. Nach Jahren gebe ich ihm recht, aber diese Stücke waren auch nicht der Hit. Nicht begreifen konnte ich nur seine Liebe zum Sport, und er meine zu den Autos. Ich habe nie ein Auto gehabt, er hat nie eine Sportart betrieben. Offenbar verband uns trotz allem die Liebe zur Theorie. Er verfaßte hermetische Traktate in seiner humanistischen Fachrichtung. Drei Seiten davon, und ich fiel wie der Putz von der Wand. Er sagte immer, er müßte mehr Zeit in der Bibliothek verbringen. Dort ging er überhaupt nicht hin. Er saß zu Hause und guckte aus dem Fenster. Das reichte ihm völlig, um sich eine Meinung zu bilden. Ich bin nie in Bibliotheken gegangen. Manchmal habe ich etwas aus einer Buchhandlung geklaut. Ich war besser als Genet und bin nie erwischt worden. Es kamen total liberale Zeiten. Man konnte bis früh morgens durch die Stadt laufen und niemand machte einen an. Die Leute hatten schon erste Videospieler. Sie guckten hauptsächlich Pornos, »Deer Hunter«, und Jimmi-Hendrix-Konzerte. Im *Remont* zum Beispiel versammelten sich dreihundert Leute und versuchten, auf einem Bildschirmchen irgendwo an der Decke etwas zu erkennen. Aśka und ich erfanden einen neuen Mix: Schwerer, fast schwarzer Malaga halb und halb mit Tonic. Schmeckte vorzüglich. Ich war damals intellektuell ungewöhnlich wach. In allem und jedem entdeckte ich Metaphern. Künstlerkreise und reine Erfahrung genügten mir bald nicht mehr. Unerbittlich zog die Zeit der Reflexion herauf. Wir stiegen am Rozdroże um, denn das war die *axis mundi*, außerdem lag von dort alles nah. Und diese Durchsichtigkeit der Wände. Das Immanente mischte sich mit dem Transzendenten. Wir tranken Porter so, wie früher Absinth getrunken wurde. Essen taten wir nicht viel. Vorwiegend bei Aśka. Würstchen mit Mayonnaise. Aśka wohnte in der Marszałkowska. Das war auch eine *axis mundi*, nur ein bißchen anders. Wenn man aus dem Fenster guckte, stand da eine Litfaßsäule mit dem großen Plakat irgendeines Theaterstücks: *Das Leben ist ein Traum*. Das kam uns sehr zupaß. Wir veranstalteten Parties. Es kamen verschiedene Leute. Oft Unbekannte, aber wir gewöhnten uns schnell an sie. Im allgemeinen kamen sie aus dem *Remont*. Vor dem Fenster stand der Kulturpalast. Er sah immer so aus, als wollte er gleich abheben. Wir hörten in einem fort die Soloplatte von John Cale. Titel weiß ich nicht. Sie ist dann weggekommen. Ich würde sie sehr gern noch einmal hören. Ein Stück über Sharon Tate war darauf. Aber wir hörten auch den ganzen Velvet. Wir führten ein einfaches und rauhes Leben, also hörten wir eine einfache und rauhe Musik. Das Tonband war rot-gold. Der Kühlschrank stand im Flur. Nebenan feierten sie auch, aber in völlig anderem Stil. Henry Miller kam in der *Literatura na świecie**. Er amüsierte uns eher, als uns zu erregen. Pluszowy und ich grölten bis zum Umfallen. Er las ein Stück, und ha ha ha. Ich las ein Stück und hu hu. Das sollten ernsthafte Bücher sein? Irgend etwas stimmte hier nicht, oder wir waren die Idioten. Dieses ganze Paris erinnerte irgendwie zu sehr an Warschau. Dann lasen wir Anaïs Nin, und die war schon ein ganzes Stück besser als Miller. Frauen altern eben doch langsamer. Jedenfalls die denkenden. Diese Überzeugung teile ich bis heute. Der übelste Wodka war damals der Podlaska. Der beste der Starowin Lubuski. Kaum zu glauben, daß so etwas zum Preis einer normalen Flasche im Laden stand. Wir kamen einfach nicht davon los. Später wurde er schlechter. Wie alles in unserem Land. Genau wie die Poznańskie Zigaretten. Hellblaue Päckchen mit dem Hermeskopf drauf. Ohne Filter. Erst waren sie klasse, später nicht mehr. Mit den TV-Serien war es ganz ähnlich, glaube ich. Das sage ich ins Blaue, denn all die Jahre habe ich nie ferngesehen. Da wachte ein guter Geist über mich. Einmal hatten wir einen Fernseher, schalteten ihn aber nie ein. Wir waren es nicht gewohnt. Am Ende ging er vom bloßen Rumstehen kaputt. Womöglich war er von Anfang an kaputt gewesen? Wir lebten zwischen Altstadt und Grochów. Fünfzehn Minuten mit der Straßenbahn. Da war so eine Union entstanden. Wie zwischen der Krone und Litauen. Grochów hätte mit Mühe als Litauen durchgehen können, auch wenn Pluszowy, der in der Welt herumgekommen war, behauptete, Grochów sei eine Art Brooklyn. Wir glaubten ihm alle. Pogorzel kam, und wir redeten über die schwierige Kunst des Essays. Wir tranken Weißwein und unterhielten uns bis zum Morgen. Pogorzel behauptete, er schreibe Gedichte, weil er keine Lust habe, Essays zu schreiben. Ein Meister der Lakonie. Ich mochte seine Ge-

* »Literatur der Welt«. Monatszeitschrift für fremdsprachige Literatur. (A. d. Ü.)

dichte so, wie ich ihn mochte. Ich mußte ständig vor seiner Sensibilität auf der Hut sein. Er hat ein Buch veröffentlicht und ist dann verstummt. Schade. Später kam Andrzejek, und ich mußte ihn verbinden, denn er hatte sich gerade gesichelt, und bis zum Morgen Wodka mit ihm trinken. Ein ganz lieber Junge, nur ein bißchen kompliziert. Einmal hat er mit seinem Bruder einen Zweihundertzehner gedreht, einen Raubüberfall. Das war an einem frühen Abend vorm Kino Luna. Der Typ wollte ums Verrecken sein Portemonnaie nicht rausrücken, also packten sie ihn an den Gamaschen. Die Leuten liefen zusammen, es wurde kritisch, also schrie Andrezejek: »Schweinehund, du wirst deine Mutter nicht mehr schlagen!« Und die Leute gingen auseinander, nach dem Motto: in Familienangelegenheiten mischen wir uns nicht ein. War ein sehr intelligenter Junge, aber eine unruhige Natur. Dann kam Karol und blieb. Dann kam Gośka und blieb auch. Dann kam Aśka und blieb auch. Dann kam Guła, aber er saß nie lange, denn er hatte immer eine Menge zu erledigen. Dann kam Dudi, aber der wohnte in der Nähe und blieb meist nicht. Duda kam meistens zum Scheißen, denn er hatte kein Klo. Er ließ eine Platte da oder nahm eine mit. Wenn alle gegangen waren, las ich oder guckte aus dem Fenster. Ganz wie Pluszowy. Aus dem Fenster gucken, vorausgesetzt dort passiert nicht viel, fördert die Phantasie sehr. Vielleicht sogar mehr als Lesen. Die meisten Bücher verdanken sich der Langeweile und einem uninteressanten Fenster. Es ist immer besser, die Quellen zu studieren als die Kommentare. Ich las Bataille in der *Literatura na świecie* denn damals erschien alles, was ernst zu nehmen war, in der *Literatura na świecie*. Ich las, und die dunkle Nacht von Grochów mit dem Quietschen der Straßenbahnen und den verrückten Lichtern irgendwo im Himmel harmonierte sehr gut mit der Literatur. Damals paßten überhaupt die meisten Dinge seltsam zueinander. Wenn man hohl im Kopf ist, also viel Platz darin hat, dann fällt es leichter, eines dem anderen zu vermählen. Das war glaube ich mein intuitiver Bildungsgrundsatz. Pluszowy gab mir Stempowskis *Essays für Kassandra* und sagte, für Experimente sei das Leben zu kurz, ich solle erst mal wie ein Mensch denken lernen, danach könne ich spintisieren. Anders als sein erschreckender Aufzug vermuten ließ, steckte in ihm der lautere Humanist des neunzehnten Jahrhunderts. Noch vieles andere steckte in ihm, deshalb konnte er mich wahrscheinlich überhaupt nur ertragen. Karol gab mir keine Bücher zu lesen. Ich ihm übrigens auch nicht. So ein Gentleman-Agreement ohne Worte. Mit Karol ging ich in die Stadt. Pluszowy war zum Verrecken nicht zu bewegen. Einmal ging er ins Kino und schlief ein. Karol schlief nie ein. Wir hielten auch zwei Nächte durch. Einmal haben sie uns am Ostbahnhof wegen aktiver Mißachtung einer Militärstreife hochgenommen. Ich weiß selbst nicht, was über mich gekommen war. Ressentiments oder was. Oder hatten wir es plötzlich mit der sozialen Gerechtigkeit und wollten jemand vor einer Maßnahme schützen? Gut möglich. Als sie uns in die Cyryla brachten, ketteten sie mich mit einem verdammten Banditen zusammen, der ununterbrochen die Obrigkeit beleidigte. Die Miliz war schon was anderes als diese läppische Militärpolizei, wir flogen nur so gegen die Wand, als sie sich mit uns befaßten. Uns auseinanderzuketten, hatten sie keine Lust. Der Arm der Gerechtigkeit ist wahrlich blind. Karol hatte Glück, er war mir einem schläfrigen Alki zusammengekettet. Aber nach vierundzwanzig Stunden ließen sie uns laufen. Ich war nicht einmal besonders verletzt. Nach jedem derartigen Abenteuer gaben wir uns etwa drei Tage Urlaub von einander, Karol und ich. Um das Schicksal nicht herauszufordern. Einzeln passierte uns nie etwas. Jedenfalls viel seltener. Einmal wollte ich eine ganz alte Freundin besuchen. Ich stieg über einen Zaun, Rosen pflücken, um nicht wie der letzte Stiesel mit leeren Händen anzukommen. Ich stürzte und brach mir eine Rippe. Später, als ich vom Besuch zurückkam, biß mich ein Rottweiler. Ich begriff, daß die Zeit doch eine lineare Struktur hat und von ewiger Wiederkehr nicht die Rede sein kann. Die Wirklichkeit steckt voller Zeichen, man muß sie nur lesen können. Nachts gingen wir schwimmen in den Sportclub Skra. Der Sportwart schlief, oder er hielt sich lieber raus. Picknick mit Bier machten wir im Gebüsch neben dem Pfadfinderlager im Łazienkowski-Park. Dort war auch bestimmt irgend so ein Aufpasser. Heute ist überall bewaffneter Wachschutz. Die Epoche der Aufpasser ist unwiederbringlich vorbei. Gern stieg ich im Hauptbahnhof in einen Fernzug und fuhr bis Ostbahnhof. Dort stieg ich aus und schnappte mir einen Zug, der zum Hauptbahnhof fuhr. So konnte ich fahren und fahren. Einmal geriet ich so ins Träumen, daß ich einschlief und in Krakau aufwachte. Das passierte damals vielen. Justus ist mal in Krakau eingestiegen und hat bis Warschau nach dem Fahrkartenentwerter gesucht, weil er überzeugt war, er führe mit der Straßenbahn nach Podgórze. Solche und ähnliche Überraschungen bereitete uns das Leben. Wir nahmen sie wie selbstverständlich, ohne uns zu wundern. Schließlich gehörten sie in dieselbe Ordnung wie Schlafen, Essen und andere Abenteuer. Die Mitte der achtziger Jahre waren ein Wunderland. Die Zeit setzte einfach ein bißchen aus. Jedenfalls nahm sie die Form ziemlich kurzer Spannen an. Sie dauerte von einem Ereignis bis zum nächsten, brach ab und mußte von neuem beginnen. Irgendwo strebte sie vermutlich hin, aber wir hatten das Gefühl, wir kämen immer rechtzeitig, wenn es drauf ankam, würden wir es schon schaffen. Alles war nah. Niemand hatte es eilig. Man schaute kurz bei jemandem vorbei und ging am anderen Morgen. Versucht so was heute mal. Ja. Die letzte glückliche Generation. Es gab kein besseres Alibi als die Wirklichkeit. Sie schützte und behütete uns wie die zärtlichste Mutter. Ich sehe, daß ich elegisch werde, aber ich habe mir versprochen, diese Geschichte genau auf Seite hundert zu schließen, und allmählich tut's mir leid. Und außerdem sollte ein literarisches Werk am Ende ein bißchen anders sein als am Anfang. Jedenfalls war es abends im Parterre des *Bukarest* am gemütlichsten. Im Weinkeller. Alle trafen sich dort, denn sie machten für damalige Verhältnisse ziemlich spät zu. Getöse, Rauch, nichts zu fressen, und jeder kippte sich ein Glas nach dem anderen rein, wie die Kamele, auf Vorrat. Die Menschen unterschieden sich nicht besonders voneinander, und das wirkte wie ein ziemlich demokratisches Lokal. Ich bewunderte die Kellnerinnen. Sie mußten sich mit Fußtritten den Weg bahnen, und nie hat eine das Tablett fallen lassen. In allen anderen Kneipen gossen sie zweihundert Gramm ein, dort dreihundert. Da gab es kein Erbarmen. Und keine Gläschen, nur Gläser. Mit so einem dicken, leicht verbreiterten Boden. Damit sie in diesem Rummel nicht umkippten. Ich hatte so ähnliche. Cotnari gab's in 600-g-Fläschchen, die waren also ohne Probleme nach zwei Gläsern leer. Niemand meckerte. Wenn es jemand nicht gefiel, konnte er zu Hause bleiben. Es gab keinen gesellschaftlichen Druck, in der Kneipe zu hocken. Es gab überhaupt keinen Druck. Natürlich, die Familie versuchte von Zeit zu Zeit, Druck auszuüben, die Lehrer übten ihn aus, aber die Gesellschaft als solche war absolut liberal. Du konntest sein, wer du wolltest. Na ja, Kommunisten und Milizionäre hatten in der Gesellschaft nicht den besten Ruf, aber dafür die Macht und kamen in dieser Pattsituation auch auf ihre Kosten. Niemand zwang dich, reich, sauber, jung und lächelnd zu sein und all diese kategorischen Imperative. Man konnte ein Schuft sein, ohne daß Gewissen, Würde und Selbstachtung im mindesten darunter litten. Ja, das war eine ungewöhnlich gute Gesellschaftsordnung für die oben Genannten, Künstler und Jugendliche. So wird es nie wieder sein. Tagsüber saß man ganz angenehm in der *Amphore*. Das war unter der Erde, und man hatte den Eindruck, es wäre Nacht. Das war auch ein Weinkeller. Ich weiß nicht, was bei uns ausgesetzt hatte, aber in den Kneipen tranken wir in der Regel Wein. Wodka wurde zu Hause getrunken. Offenbar ging es um irgendwelche Preisrelationen. Außerdem konnte man beim Wein länger sitzen, ohne daß die persönliche Kultur Schaden nahm. Vielleicht ging es auch um eine unbewußte Verwurzelung in der Mittelmeerzivilisation. Aber eher doch um ersteres. Eines Tages kam das Idol meiner Jugend, Allen Ginsberg, nach Warschau. Ich freute mich sehr. Ich feierte seinen Besuch vom frühen Morgen an. Ich wollte, daß Pluszowy mit mir zur Lesung ging. Er zuckte nur die Schultern. Wenn ihn überhaupt etwas von der amerikanischen Dichtung anturnte, dann zwar Allan, aber bitte Edgar Poe. Das war eher sein Ding. Also ging ich allein. Niemand war da, der auf mich aufpaßte, und ich gelangte auf die Bühne, von der Słoma mich verjagte, denn ich brachte Chaos in seine Trommeln und blamierte mich. Von Ginsberg bekam ich ein Autogramm, in dem von Alkohol und Sinnlosigkeit die Rede war. Ich bewahre es wie eine Reliquie auf. Alles gut und schön, nur am nächsten Tag konnte ich mich an nichts erinnern und bereute das sehr. Zum Glück gab der Poet zwei Lesungen, und die zweite saß ich brav und nüchtern auf dem harten Boden zu seinen Füßen. Er hat mir sogar zugelächelt. Offenbar hatte ich mich am Vortag hart in sein Gedächtnis gegraben. Danach verließ ich diese Pulvermühle, schlenderte umher und dachte nach. Wieder stimmte etwas nicht. Es zog mich irgendwie überhaupt nicht in diese Richtung. Nicht die Bohne, und damit basta. Die Idole der Jugend sollten in ihren Ländern bleiben, dachte ich, statt herzukommen, sie kommen ja doch immer zu spät. Vielleicht besser so. Ja, das war eine von den Enttäuschungen, die die Welt und meine sich entwickelnde Persönlichkeit mir nicht erspart haben. Bald darauf kam Black Uhuru und *dawaj*, wieder dasselbe. Im Konzert klangen sie wie leicht bekiffte UB40. Mehr nicht. Gar kein Vergleich mit den Aufnahmen, die ich besaß. Auch angeblich aus einem Konzert. Aber zu Black Uhuru ließ sich wenigstens Pluszowy überreden. Wir fuhren mit dem Bus, er, ich und unsere Freundin. Im Bus kam es zu einem sogenannten Meinungsaustausch mit einem anderen Paar. Irgendwelches Gesocks, das Mädchen war, wie sich später herausstellte, Fallschirmspringerin. Als uns der Meinungsaustausch nicht mehr reichte, fingen wir an zu prügeln. Das heißt ich, die anderen und unsere Freundin. Pluszowy wollte wohl auch, kam aber nicht ran, und es sah so aus, als würden wir von diesen Fallschirmrowdies Senge beziehen. Wildfremde Fahrgäste kamen uns zu Hilfe. Sie spürten, daß wir auch zu Black Uhuru fuhren. Solche Sachen spürte man damals. Anders als heute, wo alle so aussehen, als führen sie auf irgendein Konzert. Es wurde eine furchtbare Randale, und wir mußten zur Flucht die Tür rausreißen, denn der Fahrer hupte und suchte die Bullen. Später stellte sich heraus, daß ich einem von denen, die uns helfen wollten, den Kiefer gebrochen hatte. Das war ein Kumpel von Krosbi, und von ihm habe ich es erfahren. Pluszowy sagte, das sei das erste und letzte Konzert gewesen, auf dem er mit mir war. Bald darauf verkauften wir eine japanische Schreibmaschine mit englischen Typen. Sie war schön. Gelb wie eine Sonnenblume. Der Lange hat sie glaube ich hingebracht, wir anderen warteten, daß er mit der Kohle zurückkommt. Wir versuchten eher, Dinge loszuwerden, als welche anzuhäufen. Als ich mit einer Freundin zusammenwohnte, haben wir fünfzehn Bände Proust verkauft. Ich zögerte ein bißchen und sagte, vielleicht sollte ich sie erst lesen und dann verkaufen, aber sie sagte, dann müßte ich arbeiten gehen. Also ließ ich es. Vielleicht war das die letzte Gelegenheit. Ich hatte damals viel Zeit. Wir gingen nur zum Einkaufen oder Telefonieren raus. In der Nähe war eine Musikschule, Trompeten und Geigen, und in den Fenstern blauer Himmel und Wölkchen. Nach Proust mußte der ganze Kraszewski dran glauben. Nach Kraszewski der Rest. Übrig blieben nur die zerleseneren. Die jemand brauchte, für die sich jemand interessierte. Auf den Regalen wurde es geräumiger, und die Wohnung war keineswegs die größte. Das war so unsere Philosophie. Wir hatten dort noch einen Fernseher, aber ein Fernseher ließ sich schwer verkaufen. Der Papa von dieser Freundin brachte mich einmal zur Miliz. Heimtückisch. Er tat so, als wollte er uns zu einer Party fahren, und auf einmal, zack, aufs Kommissariat in der Londyńska, großes Geschrei, man solle mich verhaften. Der Typ war aus Liebe zu seiner Tochter einfach übergeschnappt. Die Milizionäre sagten, gut, wir stoßen ihn ins Verlies und foltern ihn ein bißchen, aber als Papa verschwunden war, prüften sie, ob wir volljährig waren, zeigten uns einen Vogel und jagten uns fort. Mit Eltern weiß man nie. Im SOS arbeitete ich nicht mehr. Weiß nicht mehr, weshalb. Bestimmt wie üblich. Aber ein totaler Schmarotzer war ich auch nicht. Ich war in einer privaten Baufirma tätig. Krosbi hatte mir das besorgt. Wir arbeiteten wie in einer staatlichen Firma, verdienten aber das Doppelte. Das heißt, wenn der Chef guckte, arbeiteten wir wie in einer privaten, aber wenn er weg war, normal. Die Firma war groß und der Chef ständig irgendwo unterwegs. Selbst schuld. Hätte eine kleinere haben können. Er nahm die Realität nicht zur Kenntnis. Der Mythos der Privatinitiative erwies sich als stark überzogen. Geklaut wurde nicht, aber wenn es ging, legten wir uns sofort hin. Zum Beispiel in Anin machten wir die Villa für die japanische Botschaft. Installierten solche großen Betten im Stil des rumänischen Rokoko. Ich sehe sie noch vor mir: mit weißer Ölfarbe gestrichenes Holz und hellblaue Polsterung. Einer stand Schmiere, die übrigen schliefen. Überall. Auf diesen Betten, in Sesseln, auf dem Boden. Wir mußten zu früh aufstehen, nur deshalb. Der Chef war ganz in Ordnung, wenn auch leicht cholerisch. Ich wette, er wußte, daß wir uns auf seine Kosten ausschliefen, aber er konnte nichts tun. Hätte er andere genommen, die hätten auch geschlafen. Er mochte uns wohl sogar, denn Samstag nach Feierabend, wenn er diese Umschläge verteilte, spendierte er uns noch ein Eis am Rondell, dort wo es die Schillerlocken gab. In der Brigade war ein Streber, den haßten alle. Außerdem petzte er. Wir fuhren einen alten, grünen Lublin. Wenn der wie eine grüne Hornisse mitten über die Łazienkowska düste, rieben die andern Fahrer sich die Augen, als würden sie einer Wiederauferstehung beiwohnen. Die Kohle verpraßte ich sofort und war Mitte der Woche völlig blank. Aber die guten Kollegen und Kolleginnen ließen einen nicht umkommen. Alle wußten, daß ich arbeite, und das erfüllte sie mit andächtiger Ehrfurcht und Mitleid. Besonders die Mädchen bedauerten mich. Ich konnte dieses Mitleid nicht ertragen und ließ das Arbeiten irgendwann sein. Im Rahmen eines extravaganten Experiments versuchten Pluszowy und ich, uns mit Brennspiritus zuzudröhnen. Die Lebensgewohnheiten des Lumpenproletariats hatten uns immer interessiert. Waren sie eine Randgruppe, so hatten wir uns ganz bewußt für den kulturellen Rand entschieden. Es stellte sich heraus, daß man sich mit Brennspiritus nicht zudröhnen kann, weil er abscheulich schmeckt. Für einen halben Liter brauchten wir zwei Tage. Im Rahmen des nächsten Experiments konsumierten wir Magentropfen. Jahre später stellte sich heraus, daß das überhaupt kein Experiment war, denn haargenau so schmeckt der gegenwärtig von der bekannten Firma Stock produzierte tschechische Fernet. Mit Karol führte ich auch verschiedene Experimente durch, eher von Neugier als von

Notwendigkeit getrieben. Karol hatte mehr Forschertrieb als ich und Pluszowy zusammen. Manchmal mußte ich ihn zügeln, was nicht heißt, daß ich es ihm nicht gleichzutun versuchte. Mehrfach ging ich an die Lektüre von Friedrich Nietzsche, aber er hat mich immer geschafft. Vermutlich lag das an der archaischen Übersetzung von Staff. So ein moderner Denker, und kommt mit Phrasen daher wie ein Przybyszewski. Außerdem war mir damals jeder Elitarismus in der Kultur fremd. Kein Wunder, hatte ich die vergangenen Jahre doch in Kreisen verbracht, in denen das Dogma galt, jeder könne ein Künstler sein. Er müsse nur wollen. Na, und die repressive Gesellschaft soll ihn mal. Jawohl. Schön wäre es zu sagen, »ich erinnere mich nur der Sonnentage«, aber es ergab sich, daß wir hauptsächlich nachts lebten. Damals waren die Nächte sicher. Nicht so wie heute. Wir gingen mitten auf dem Bürgersteig. Kein Vorbeischleichen oder Umgukken. In den Nachtbussen umarmten und küßten sich die Pärchen. Wenn es warm war, ging man zu Fuß. Durch die Nacht konnte man an jeden beliebigen Ort gelangen. Oft gingen wir über die Poniatowskibrücke. Sie war damals in Reparatur. Nichts fuhr dort. Ein sehr angenehmes Industrieteil: irgendwelche Maschinen, Kräne, Konstruktionen, Scheinwerfer, Bauschutt – man verfiel sofort in passende Reflexionen über Kultur und Zivilisation. Tagsüber schliefen wir gewöhnlich, weil zu viele Leute auf den Straßen waren. Die Stadt ist in Ordnung, wenn sie leer ist. Am Ende wird es auch soweit kommen, ich höre ständig, daß jemand aufs Land zieht. Also uns gefiel es zwischen zwei Uhr früh und dem Morgengrauen. All diese Nebel, Zweideutigkeiten und fernen Laute. Ein bißchen wie Giacomettis »Palast um vier Uhr morgens«. Keine Endzeitstimmung oder »Flucht aus New York«. Wir waren eine Spur zu jung für die Epik. Lyrik machte uns an. Zur Epik muß man reifen. Deswegen gibt es so viele Poeten, während man die ordentlichen Prosaautoren an einer Hand abzählen kann. Walkmans kamen in Mode. Die totale Macke. Die Leute trafen sich auf der Straße und tauschten, statt sich zu unterhalten, die Kopfhörer aus. Sie standen zu zweit und tippten mit dem Fuß. Überall lagen die R6-Batterien. So wie früher an den leeren Flaschen erkannte man jetzt an den verbrauchten Batterien, daß dort Leute wie wir gewesen waren. Mancherorts lagen ganze Haufen davon. Ich glaube, damit hat die Entfremdung begonnen, und heute haben wir die ganzen Technoparties und das Internet. Und noch etwas: Damals hatte niemand einen Computer. Ehrlich. Ich kannte niemanden, der einen hatte. Es gab keine CDs. Unglaublich, aber wahr. So weit das Auge reichte, nur Vinyl. Das kam gut, mit Laurie Anderson unter dem Arm vorbeizuschlendern. Mit einer CD geht das nicht. Zu klein, nichts zu sehen. Man stand da mit Laurie oder mit Television und wartete, bis jemand kommt und guckt oder fragt. So wurden Bekanntschaften geschlossen. Oft fürs Leben. Aber mit einer CD? Zeig mal, Kollege, was hast du da in der Tasche? Auf so eine Frage bleibt nur Flucht oder Gegenangriff. Ich glaube, das waren die letzten Tage der humanistischen Kultur. Ich bin froh, daß ich noch etwas davon mitbekommen habe. Der Herbst der Neuzeit. Kompott wurde eher für den Eigenbedarf produziert, Gras genauso. In der Drogenszene sah ich Kumpel von früher. Sie sahen elend aus. Ich muß ein bißchen besser ausgesehen haben, denn sie erkannten mich nicht. Ja. Ich war ein Glückskind. Ums tägliche Fernsehglotzen und den Heroinmonkey bin ich herumgekommen. Andere sind sowohl in das eine wie in das andere reingeschliddert. Ja. Ich hatte verdammtes Schwein. Abgesehen vom Rauchen, war ich grundsätzlich immun gegen Sucht. Sie langweilte mich einfach. So wie die Schule, wie die Arbeit. Nach einer Woche Suff hatte ich einen Ekel vor dem Alkohol wie der Tollwütige vor dem Wasser. Ich mußte mich regelrecht zwingen.

Die Enthaltsamen hatten es schwer in Gesellschaft. Kommunismus gut und schön, aber Kinderstube zählt auch etwas. Karol wettete einmal darauf, daß er Schuppenwasser trinken würde. Er gewann die Wette. Danach wettete ich. Ich verlor. Wir wetteten noch viele Male um verschiedene Sachen. Im allgemeinen gewann Karol. Ich tat mein Bestes, aber offenbar fehlte mir der Wille zum Sieg. Ewiger Amateur. Ich konnte mich nie voll engagieren. Ständig hin- und hergerissen: Rock 'n' Roll oder Literatur, Trinken oder Nichttrinken, Klassik oder Romantik, nie konnte ich mich entscheiden. Morgens The Police, abends Dead Kennedy. Montags Lew Schestow, dienstags der *Brave Soldat Schwejk*. Mittwochs Pluszowy, donnerstags Karol, freitags zu dritt, samstags Stadtzentrum, sonntags Grochów. Und so immer fort. Mentalitätsmäßig war ich postmodern. Eine Kinderkrankheit. Von Gwidon bekam ich Célines *Reise ans Ende der Nacht*. Nein, pardon, er hat es mir geliehen und ich habe es zurückgegeben. Céline machte mich damals überhaupt nicht an. Heute klaue ich bei ihm soviel wie möglich. Das für den Fall, daß irgendein Kritiker glaubt, er hätte Amerika entdeckt. Ich sitze und klaue, daß die Balken krachen. Ein sehr angenehmes Gefühl zu sehen, daß einem etwas gelingt. Viel angenehmer als im angeblich eigenen, unnachahmlichen Stil rumzupopeln. Der gesamte Rock 'n' Roll ist von den Amerikanern und Engländern geklaut. Fragt sich, weshalb niemand im Rock 'n' Roll von den Deutschen klaut. In der Literatur auch nicht besonders. Na, vielleicht einer oder zwei. Ich jedenfalls nicht. Kürzlich war ich einen Monat in Deutschland. Von denen möchte ich ums Verrecken nicht abkupfern. Dazu kommt Pluszowys Einfluß, der immer »Gadamer-Radamer« sagte, wenn er einer intellektuellen Leistung seine Verachtung bezeigen wollte. Die Deutschen hatten eine einzige gute Kapelle. Sie hieß Trio. Die hörten wir am laufenden Band. Dagegen lasen wir kein deutsches Buch am laufenden Band. Russen, Franzosen und Amerikaner. Dann die Tschechen. Pluszowy gab mir Ota Pavel, und ich weinte. Versucht mal, über einem deutschen Buch zu weinen. Das ist ein Ding der absoluten, vollständigen Unmöglichkeit, und mit Geschichte hat das gar nichts zu tun. Ich kannte damals keinen Schriftsteller persönlich. Pluszowy hatte zwar in meiner frühen Jugend eine Erzählung in der Monatszeitschrift *Nowy Wyraz** veröffentlicht, aber wir kannten uns zu gut, als daß ich ihn wie einen Schriftsteller hätte behandeln können. Ein Schriftsteller muß ein bißchen geheimnisvoll sein. Das heißt, Pluszowy war geheimnisvoll, aber in etwas anderem Sinne. Man kann sagen, in einem eher allgemeinphilosophischen. Außerdem behauptete er, er sei sich selbst ein Rätsel. Um Eindruck zu machen, muß das Geheimnis sich seiner selbst bewußt sein, andernfalls ist es nur blauer Dunst und wechselseitige Undurchdringlichkeit, in der Kritik der letzten Jahre Undurchsichtigkeit genannt. So war Pluszowy eine Unbekannte und war es zugleich nicht. Hätte ich damals einen richtigen Schriftsteller gekannt, wäre vielleicht alles ganz anders gekommen. Ich glaube, ich hatte damit genausoviel Schwein wie mit dem Fernsehen und dem Heroin. Manchmal fuhren Pluszowy und ich aufs Land. Dort gefiel es ihm sehr. Er betrachtete die Tiere und bewunderte sie für ihre angeborene Weisheit. Typischer Misanthrop. Auf dem Land mochte er sogar Bewegung. Zum Einkaufen fuhr er mit dem Fahrrad. Wir lauschten den Geräuschen der Natur. Wir gingen spazieren. Nicht weit zwar, aber immerhin. Wildgänse, Wildenten, das einfache Volk. Wahre Bukolik. Wir netzten die Füße im Wasser. Wir unterhielten uns in einem fort über grusinische Schachspielerinnen und Frauen überhaupt. Eine große Ruhe kam über uns. In der Dämme-

* »Neuer Ausdruck«. Zeitschrift für junge Literatur, 1972-81. (A. d. Ü.)

rung brüllten die Kühe. Nachts bellten die Hunde. Morgens sangen die Vögel. Ewige Harmonie der Natur. Nicht daß wir gleich alles hätten hinwerfen und aufs Land ziehen wollen, aber angenehm war es schon. Manchmal fuhren wir mit dem Kajak zum Einkaufen. Einfach so, zur Abwechslung. Gegen den Strom hin, und mit dem Strom zurück. Klar, daß wir beide *Unter dem Vulkan* kannten. Schließlich gehörte das zum Kanon. Pluszowy traute Lowry nicht so recht. Er fand ihn ein bißchen zu hysterisch. Viel Lärm um nichts, sagte er, zu dick aufgetragen und überhaupt sei die Kultur des Westens zum Kotzen mit Schuldgefühl überladen. Eine ordentliche Okkupation, sagte er, und sie würden sich aufrappeln. Gegen *Die Reise nach Petuschki* hatte er dagegen keine Einwände, und darin stimmte ich ihm uneingeschränkt zu. Heroismus und Tragik verlangen nach ganz und gar untragischen und unheroischen Mitteln. Camus hielten wir ebenfalls für überbewertet. Gutaussehend, gewiß, aber zu dicke Bücher über zu dünne Themen, wie üblich bei den Franzosen. Über Sartre redeten wir gar nicht erst, der hatte ebenso verschissen wie Kim Philby und Jewgenij Jewtuschenko. Ich hörte zwar Punk Rock, rückte aber langsam und unwiderruflich von der Linken ab. Doch die Rechte turnte mich auch nicht an. Wer hätte damals auch was von einer Rechten gehört? Bis heute frage ich mich, woher sie plötzlich kam. Vermutlich nur von der Linken. Ein Zentrum gab es nicht, es sei denn, wir nehmen die Anarchisten als Zentristen. Immer wollten sie Freiheit, nie Steuern. Also Sartre nein. Das sowjetische sozialphilosophische Denken auch nicht. Pluszowy las zwar Bachtin, aber der war ein bißchen verfolgt. Ich versuchte es auch, weil er auf einem Foto aussah wie ein zaristischer Verbannter. Ach so, und die Jungs aus der Schule von Tartu, die lasen wir auch. Aber war Tartu überhaupt Sowjetunion? Ein Trip war das, und sie hoben ab wie die Verlobten auf Chagalls

Gemälden. Semiotik gut und schön, aber am heftigsten stritten wir darum, ob Bruce Springsteen der gröbste Bauer des Rock 'n' Roll sei oder nicht. Ich nahm ihn ein bißchen in Schutz. Schließlich war das ein einfacher Landmann aus Nebraska, ich spürte eine gewisse Verwandtschaft mit ihm. Pluszowy war unbarmherzig. Robert Fripp war unter aller Sau. Mit der einen Hand gab er mir Stempowski, mit der anderen irgendwelche totalen Spinner. So war es immer mit ihm. Erst legte er dir Van Morrison auf, und gleich danach Brian Eno. Zum Glück konnte ich immer gehen und etwas mit Karol anstellen. Mit dem gab es das nicht, dieses hin und her, einerseits andrerseits oder vielleicht doch. Wir hatten eine Aufgabe und erfüllten sie. Theorie war uns fremd. Action directe und fertig. In den Supermarkt, nach Hause, eine Stunde später in die Stadt. Ob die Welt aus Bedeutungen oder aus Metaphern bestand, war uns so was von egal. Sie bestand eben, aus was sie bestand. Aus der Kobielska, der Korytnicka und der Kaleńska. Das reichte völlig. Wenn es eng wurde, fuhren wir in die Marszałkowska. Die Wirklichkeit präsentierte sich absolut kohärent. Wenn man Süßwein aus Warka trank, hatte man am nächsten Tag zu leiden. Trank man ihn nicht, litt man nicht. Man konnte weniger davon trinken und trank dann auch, aber ohne zu leiden. Das war die ganze Philosophie. Wir stritten nie um etwas. Selbst wenn ich etwas kaputtmachte, verzieh er mir, und ich ihm auch. War Pluszowy so eine Art Naphta, dann war Karol ein ganz prima Settembrini. Mit Pluszowy redete ich die ganze Zeit über Frauen, mit Karol plante ich die ganze Zeit irgendwelche Geschichten. Solche und solche, aber wie gesagt, handelt es sich hier nicht um Bekenntnisse, sondern um ein sozialgeschichtliches Sittengemälde, also stellt euch auf den Kopf, ihr werdet nichts erfahren. Mit Musik hatte Karol nichts am Hut. Manchmal pfiff er sich eins oder schaltete das Radio ein, wenn es zu still war. Wenn ihm langweilig wurde, beschäftigte er sich mit etwas Praktischem. Einmal hat er eine Miniatur-Armbrust von der Größe eines Kugelschreibers gebastelt. Er saß damit im Zimmer und schoß auf Fliegen. Manchmal traf er. Er brachte überhaupt alles fertig. Wir alle hatten zwei linke Hände, außer Bafel. Na, vielleicht noch der Lange. Meistens machte er völlig unnütze Dinge, wie diese Armbrust. Einmal hat er aus einem kleinen Motor, einem Stück Gummi und einer Batterie einen Apparat zum Zigarettenrauchen gemacht. Man steckte die Zigarette hinein, und nach fünf Minuten war sie aufgeraucht. Er hat nie ein Gerät zum Trinken gemacht, obwohl er eine Idee hatte. Wäre er dabei geblieben, hätte er eines Tages eine Maschine zur Erledigung sämtlicher Tätigkeiten erfunden und endlich Ruhe gehabt. Pluszowy konnte nicht mal einen Nagel in die Wand schlagen. Er traf immer daneben, und man mußte die Löcher verputzen. Wenn ihm etwas runterflog, lag es so lange da, bis jemand es wegwarf. Er träumte von einem Anzug, der außen so war wie innen, damit man nicht so oft waschen mußte. Die Mädchen trugen damals überwiegend Schwarz. Die Jungs je nach Geschmack, aber jeder wollte Leder. Nicht unbedingt eine Ramones, aber eine normale Motorradjacke. Die Motorradjacken bekam man auf dem Basar in Szembek. Irgendeine fand sich immer. Manche aus den fünfziger, sechziger Jahren. Ich erinnere mich, daß Krosbi sich einmal eine neue im Laden gekauft und zweitausendfünfzig Złoty dafür hingelegt hat. Manchmal lieh er sie mir, aber sie war zu klein und ich sah affig darin aus. Das störte mich aber nicht. Damals war Leder Leder, niemand achtete darauf, daß sie zu klein war. Danach hatte ich die Wildlederjacke von Karol. Ich bekam die linken Spinner satt und lief wie ein normaler Mensch herum. Diese Jacke trug ich zwei Jahre ununterbrochen. Ich schlief sogar darin. So bequem war sie. Schließlich fiel sie auseinander. Ich habe mir nie etwas zum Anziehen gekauft. Immer alles bekommen. Das war so mein Grundsatz. Ich mochte keine neuen Sachen. Sie nervten mich. War mir immer schade ums Geld für den Plunder. Wenn es eine Gelegenheit gab, wusch ich mich, wenn nicht, dann nicht. Fast alle hielten es so. Na, vielleicht außer den Mädchen. Die pflegten sich. Die Kerls rasierten sich nur. Nicht so wie heute. Wenn so ein Typ von heute plötzlich um zehn Jahre zurückversetzt würde, es wäre die Hölle für ihn. Alle würden sofort mit dem Finger auf ihn zeigen und kichern. Am besten zog sich immer Aśka an. Von den Jungs wohl Uchol. Uchol könnte sich ohne Schande auch heute zeigen. Karol und ich sahen aus wie die Strolche. Pluszowy ein bißchen besser, aber der hatte einen Vorrat von Kleidungsstücken aus Amerika und aus den alten Zeiten, bevor er uns kennenlernte. Später brauchte er ihn auf und unterschied sich immer weniger. Nur sein Gesicht war die ganze Zeit intelligenter, und so wird es wohl auch bleiben. Wenn wir Stimmung wollten, gingen wir in die *Überraschung*. Dort lernte ich einen neuen Kollegen kennen, der mich nach einer halben Stunde zu einem gemeinsamen Raubüberfall überreden wollte, weil er blank war. Diesmal blieb ich unbeugsam. Ich lieh ihm ein bißchen Kleingeld und sagte, er solle allein losziehen. Ein andermal lief mir wie ein Memento Schwiegervater über den Weg. Ich traf ihn in der Straßenbahn. Er wollte mich zu nichts überreden. Im Morskie-Oko-Park genossen wir mehrere Obstweine und gedachten der alten Zeiten. Er zeigte mir seine neuen Tätowierungen. Mit dieser Gegend, also mit Mokotów, hatte ich wenig Glück. Einige Zeit später hat mir dort ein Gentleman die Zähne ausgeschlagen. Das muß in der Dąbrowski-Straße gewesen sein. Kann mich nur unklar erinnern. Jedenfalls war er wohl im Recht, denn er nahm zwei Frauen in Schutz, mit denen er spazierenging. Damals passierte allerhand, aber grundsätzlich bekam niemand etwas umsonst ab. Es mußte einen Grund geben. Nicht so wie heute. Der Postmodernismus lauerte noch in undurchdringlicher Zukunft, das Leben besaß noch seine alte Struktur von Ursache und Wirkung. Ich habe darüber neulich einen Essay geschrieben, und Piotr Mucharski hat versprochen, ihn im *Tygodnik Powszechny** zu drucken. Ich sehe, ich greife vor. Damals dachte ich überhaupt nicht daran, Essays zu schreiben. Das hielt ich für völlige Zeitverschwendung, denn statt zu schreiben, konnte ich doch Essays lesen, was ich mit großer Hartnäckigkeit, großer Mühe und dennoch oft mit Vergnügen tat. Im Alter werde ich wohl wieder ähnlich verfahren. Einmal sind Karol und ich auf einen Kran an der Nowogrodzka geklettert. Es war Nacht, niemand störte uns. Der Kran war nicht hoch, nicht mehr als zehn Stockwerke. Wir kletterten bis ans Ende des waagerechten Arms und knüpften ein Bettlaken daran fest. Weiß der Teufel, was uns geritten hat. Runter war schwieriger als rauf. Jedenfalls hing dies Ding eine gute Woche lang, weil niemand den Mut fand. Weiße Flagge über dem Stadtzentrum. Da wehte der Wind der Geschichte, vermutlich ging es darum, rechtzeitig die Waffen zu strecken. Das ist natürlich eine Interpretation aus späterer Sicht. Vielleicht wurden wir auch älter und spürten, daß wir es als Gräte im Hals der Wirklichkeit nicht mehr lange machen würden. Jedenfalls war das eine Heldentat, so hoffnungslos wie alle unsere Volksaufstände, aber manch einer hat uns bewundert. Dann kamen die Hauptstadtzigaretten. Dunkelblaues Päckchen mit orangefarbener Sonne und Warsaw Skyline. Der Lange rauchte das. Ich qualmte die ganze Zeit Poznańskie. Damals habe ich, glaube ich, nicht mehr konspiriert. Es sei denn aus Geselligkeit. Man schwitzte sich einen ab, kombinierte, lief Gefahr, doch die Grundfesten des totalitären Gebäudes dachten gar nicht daran, zu erbeben, geschweige

* Katholisches liberales Wochenblatt. (A. d. Ü.)

denn zusammenzustürzen. Verschwörung ist etwas für Geduldige. Alles deutete darauf hin, daß dieses System bis ans Ende der Welt überdauern würde. Ich sagte mir zur Rechtfertigung, wenn das Vaterland mich rufen würde, könnte ich mich immer noch melden. Niemand spielte damals katholischen Rock 'n' Roll. Möchte eigentlich mal wissen, warum. Hatten die Jungs Angst vor Repressionen? Oder warteten sie darauf, daß die Mächte der Finsternis aus ihrem Versteck kommen würden? Schließlich war es schwierig, gegen etwas zu spielen, von dem man nicht genau wußte, ob es böse oder gut war. Polnischen Rock von Platten hörte man praktisch gar nicht. Was denn auch? Republika? Oder Lady Punk? Kult wurde von Uraltbändern gehört. Man ging in Konzerte, aber die Geräte in den Klubs wurden immer besser, es war kaum noch auszuhalten. Pluszowy und ich trieben irgendwo Amateuraufnahmen vom alten Staszewski auf. Kaum was zu hören, hundertmal überspielt, und dazu im Hintergrund irgendeine Fete, Gläser und Geschrei, aber wir fuhren dennoch darauf ab. Wir spielten das abwechselnd mit Grzesiuks alten Platten, und es war schwer zu sagen, wo mehr Poesie in Reinform war. »Die Frau gibt dir Glück für einen Augenblick, aber danach beißt sie wie eine Waldotter«, und gleich darauf »silberne Kugeln schlafen in schwarzen Läufen«. Weder Kazik noch Muniek hatten noch eine Ahnung, was da abging. Und wir wieder »heute träumte ich von einem hohen Berg, auf den ich zwei Kanonen zog«, und dann »der Alkohol beißt wie eine Schlange«. Bis Frau Krystyna von nebenan vorbeikam und mitbrachte, was sie gerade hatte. Und ich habe Krosbi immer gesagt: Krosbi, klau nicht bei Dylan, klau bei Grzesiuk. Er wollte nicht hören. Er spielte immer nur »Felek Zdankiewicz« und danach gleich irgendwas im Stil von »Like a Rolling Stone«. Ich klaue bis heute bei Grzesiuk, und niemand hat mich dabei erwischt, weil es nicht nachzuweisen ist. Krosbi dagegen war es peinlich. Das hat er jetzt davon. Pluszowy lachte mich aus, aber ich habe Creedence Clearwater Revival immer gemocht. Er sah mich an wie so ein Schaf. Er selbst hörte heimlich Aerosmith. Und ich spielte, wenn er weg war, Lounge Lizards. Das waren so unsere kleinen Geheimnisse. Wie in einer Ehe. Die Metro wurde gebaut. Niemand glaubte, daß sie einmal fertig würde. Wir waren skeptisch und zynisch. Wenn man uns in der Kneipe Bier servierte, wußten wir gleich, daß es gepanscht war. Bekamen wir ein Päckchen Zigaretten, mußten Stengel darin sein. Kaufte jemand eine Platte, sprang sofort die Nadel aus der Rille. Am besten darin war Ostas. Soeben aus dem deutschen Reich zurück, stolperte er apriori bei jeder Gelegenheit, weil die Bürgersteige in Polen angeblich uneben und löchrig waren, basta. In den Läden gab es Instant-Tee. Löslicher Tee eben. Niemand wußte, wieviel Löffel man davon nehmen mußte. Eine Tasse, und man konnte sich die Nacht um die Ohren schlagen. Dann gab es auch bald Pulver-Ei. Dann eine Platte mit Maciej Zembaty mit Liedern von Cohen. Wir spürten keinerlei Nostalgie nach den siebziger oder gar sechziger Jahren. Nostalgie ist eine Besonderheit der neunziger. Der Verstand schreckt vor der Wand der Jahrtausendwende zurück. Damals hielt es niemand für möglich, daß es einmal ein Jahr zweitausend geben würde. Nicht einmal an das Jahr neunzig wollten wir glauben. Im Kommunismus hatte die Zeit, ähnlich wie das Geld, nur einen begrenzten Wert. Beides wurde einfach vergeudet. Natürlich gab es auch ernsthafe Menschen, aber davon kannte ich wenig. Mountainbikes, Roller und Skateboards gab es nicht. Schwer vorzustellen, aber auf dem Schloßplatz gingen alle zu Fuß. Im Fernsehen zeigten sie Kaschpirowskij. Das war ein sowjetischer Wunderheiler, der mit dem Blick heilte. Vom Bildschirm. Die halbe Nation saß vor der Mattscheibe und glotzte ihn an und er sie. Wir hätten kapieren müssen, daß das System schon pervertiert war und, wie bei Perversen üblich, das hervorkehrte, was es in all den Jahren hatte verbergen wollen, nämlich seine paramystische und parareligiöse Herkunft. Aber wir kapierten nicht. Das Fernsehen nahm einfach niemand ernst, für uns war das nichts als ein weiteres Kabarett, eine Revue oder ein Städteturnier, und so war es auch, Mann. Ich kann mich nicht erinnern, wann zu den Berliets die Ikarusse hinzukamen. Und in welchem Jahr man begann, den kleinen Fiat »bis« mit diesem Scheiß Lancia-Motor zu bauen. Aber das muß später gewesen sein. Die Milizionäre fuhren auf Klapprädern durch den Sächsischen Garten. Um gut und billig zu essen, ging man in die Gesellschaft für polnisch-chinesische Freundschaft. Es gab nur zwei Gerichte, aber beide waren in Ordnung. Wein kaufte man im Marywil, in dem Laden neben der Kneipe. Man aß Reis und trank dazu Riesling. Niemand machte einen an. Ich fuhr mit einer Freundin nach Kazimierz an der Weichsel. Ich flog vom Schloßberg und verstauchte mir das Bein. Nichts war mehr wie früher. Nicht einmal Kazimierz. Scheißwetter, Regen, und kein einziges Zimmer in den Hotels und Pensionen frei. Wir schliefen in Puławy in einem Zimmer ohne Fenster. Ich wollte angeben und war wieder der Dumme. Aber der Verstand war damals flexibel und verwandelte jede Niederlage in einen Sieg. Ich bekam manchmal irgendein illegales Druckerzeugnis, aber mir fehlte die Geduld für diese Palimpseste. Ich hab's versucht, mein Wort darauf, aber eins schien unter dem anderen durch, und das erste war verwischt. Als ich Opa Jarema traf, referierte er mir mündlich die Situation. Sie war eher positivistisch als romantisch, also blieb ich als Geheimagent erst mal weiter im Winterschlaf. Zweimal war ich im Theater. Einmal in Lódź und einmal in Warschau. Sehr gern hätte ich das *Endspiel* gesehen, aber es wurde nirgends gegeben. Da hab ich's eben gelesen. Mit ein bißchen Phantasie braucht man gar nicht wegzugehen. So wie Pluszowy. Bei Beckett waren wir uns von Anfang an einig. Das heißt, er sprach und ich stimmte zu. Karol stimmte auch zu. So konnte das Stunden gehen. Wichtig war nur, den Ladenschluß nicht zu verpennen. Gogo so, Didi so, allgemeine Exegese der metaphysischen Stille, und danach überlegten wir, wer wen spielen könnte. Pluszowy wollte immer den Gogo. So wie draußen auf dem Hof: ihr seid die Deutschen, wir die Polen. Schlaues Kerlchen. In all den Jahren ist in der Kobielska nur ein einziger Mord passiert. Leider haben wir nicht gesehen, wie sie die Leiche heraustrugen, obwohl es genau gegenüber war. Aber beim Altglassammelpunkt in der Prochowa kannten sie den Fall in allen Einzelheiten. Bestimmt wußten sie mehr als die ganze Miliz von Grochów. Es soll eine Affekthandlung gewesen sein. Andere gab es damals nicht. Nicht so wie heute. Wir begingen grundsätzlich keine schweren Verbrechen. Und schon gar nicht aus Gewinnsucht. Wir wären nie auf die Idee gekommen, uns mit Gewinn zu beflecken. Uns interessierte der Verlust. Das war die letzte Generation dieser Art. Als Maciek Pietraho Gitarrensaiten aus Berlin mitbrachte, um damit zu handeln, hat er erst mal die Hälfte verschenkt. Hatte jemand eine läppische Flasche erstanden, trommelte er gleich die halbe Stadt zusammen. Als Rafał einmal Silvester feierte, war er glücklich, daß man ihm die ganze Wohnung demolierte. Er selbst half sogar ein bißchen mit. Als ich mich aus Versehen auf Krosbis geliebte Gitarre setzte, sagte er kein Wort. Nachdem wir sie dann beim Geigenbauer geklebt hatten, behauptete er, erst jetzt hätte sie einen richtig satten Klang. Zog jemand bei einem ein, dann warf man ihn nicht hinaus, bis er von selbst ging. War jemand hungrig, dann gab man ihm zu essen; war er abgerissen, so kleidete man ihn. Von wegen Nächstenliebe, aber versucht heute mal, irgendwo was abzustauben, ihr werdet schon sehen. Ich hatte immer mehr Ideen, auch Karol, und

Krosbi, und der ganze Rest. Wir platzten vor Ideen. Es war zu wenig Zeit, um sie zu realisieren. Vierundzwanzig Stunden reichten nicht, um auch nur die Hälfte zu realisieren. Wir hätten das alles aufschreiben sollen. Heute käme es wie gerufen. Wir tüftelten von morgens bis abends. Ein unaufhörlicher mentaler Rubik-Würfel, falls überhaupt noch jemand weiß, was der Rubik-Würfel war. Wir dachten uns damals Hunderte von Büchern aus, und mindestens zweihundert Platten. Auffallend ist, daß wir niemals auf radikale Veränderungen der Wirklichkeit aus waren. Höchstens das Bier sollte einfacher zu kriegen sein, ohne daß man die ganze Stadt abgrasen mußte. Die Welt krankte an Kleinigkeiten, doch schließlich hatte uns niemand ein leichtes Leben versprochen. Wir waren zu Opfern bereit. Einzig Ostas war durch seine Deutschlandreisen der Meinung, die Welt sei ihm etwas schuldig. Und sei es nur bei diesen Bürgersteigen. Ja, das war ein ganz aristokratisches Ethos. Ein Grundsatz des Gentleman ist, daß er nie auf seine Rechte pocht. Das Volk war schon bald kein Idol mehr für uns. Es ging auf die Straße und bekam nie genug. Uns reichte es, o Wunder. Ums Verrecken hätten wir nicht Volk sein wollen. Auch so fühlten wir uns auf unklare Weise als Auserwählte. Da spielten ziemliche Stammesgesetze mit rein. Irgendwann werde ich eine Strukturanalyse dieses Phänomens schreiben. Oder eine phänomenologische Synthese. Unsere Sprache war eine Metasprache. Manchmal begegneten wir anderen Leuten und konnten ums Verrecken keine gemeinsame Sprache finden. Wir Mä, die Bä. Kein Decoder. Ich las die *Unerträgliche Leichtigkeit des Seins*. Am meisten gefiel mir der Satz: »Nach Art aller tschechischen Ärzte pinkelte ich ins Waschbecken« oder so ähnlich, aber das Ganze hat mich nicht umgehauen. Ein bißchen schon, aber nach dieser Legende erwartet man doch ein bißchen mehr. Ja, die ewige Crux mit der Rezeption eines literarischen Werkes. Im Fernsehen lief die erste professionelle polnische Reklame. Eine Wasserstoffblondine will zum Kauf einer Schabenfalle überreden. Sie lächelt entzückend und zeigt schamhaft die Schachtel mit diesem Fliegentöter. Die Welt konnte Kundera nicht folgen. Die Welt war noch immer Jaroslav Hašek treu. Wir übrigens auch. Wir hatten unsere private Mythologie. Zum Beispiel, wenn man ein Fünfkronen-Stück auf den Schaum des »Goldfasan« legt, dann bleibt dieses Fünfkronen-Stück liegen. Niemand von uns hatte je ein »Goldfasan« gesehen, aber wir glaubten es alle. Ich weiß nicht warum, aber gerade die Tschechen turnten uns an. Amerika schön und gut, aber die Tschechen waren irgendwie realer. Die Tschechen waren für uns so eine Art Polen, nur ein bißchen besser. Schließlich fuhr nicht Dariusz Kozakiewicz, um mit Patti Smith zu spielen, sondern Ivan Kral. Wir hatten ein paar klasse Bands, aber nur die Tschechen hatten die Plastic People of the Universe und diese geilen apokalyptischen Weihnachtskrippen. Die Tschechen gingen sowieso irgendwie ab. Das war jedenfalls unsere Meinung. Na, und dieser Warhol. Wir wußten zwar nicht, daß er ein slowakischer Ruthene war, aber wir wußten, daß er Tscheche war und ein Kumpel von Lou Reed. Und so weiter, und so weiter, ganz zu schweigen von *Einer flog über das Kuckucksnest*. Wenn wir plötzlich einen Höhenflug hatten, wollten wir Tschechen sein. Tschechische Zigaretten rauchen, tschechisches Bier und den legendären Becherovka trinken. Und Rum. Die Tschechen tranken überall und bei jeder Gelegenheit Rum. Wir hatten doch eigentlich diese paar Kilometer Meeresküste und die Fregatte »Meeresgabe«, aber der Rum konnte sich als Nationalgetränk nicht durchsetzen. Mir gefiel die tschechische Lässigkeit. Amphetamine und Pilze waren noch nicht populär. Hasch war Luxusware. Vor den PEWEX-Läden standen noch immer die Devisenhändler. An den Taxiständen warteten noch immer Schlangen. Man konnte ins Ausland reisen, aber im Grunde nicht wirklich. An den Kiosken tauchten Kalender mit nackten Weibern auf. Jeden Monat ein neues nacktes Weib. Broschüren mit Biorhythmen für jeden tauchten auf. Auch an den Kiosken. Das waren erste Signale einer Hedonisierung der Gesellschaft. Aber der Film *Emanuelle* war immer noch eine Legende. Der *Letzte Tango*... ja, *Emanuelle* nein. Pornos kaufte man auf dem Różycki-Basar. Oben lagen die Burdas, Playboys und Bravos, aber wenn man herantrat und ins Gespräch kam, fand sich immer etwas. Auf den Marktständen mit gebrauchten Büchern lagen Vervielfältigungen des »Dornmöschens« und des »XIII. Buches von Pan Tadeusz«. Das war die eigentliche Untergrundpresse, bevor die Fanzines erschienen. Im Kaufhaus Sezam wurde ein Stand eröffnet, an dem ausländische Alkoholika aufgekauft wurden. Besonders Napoleon. Dort gingen vor allem Ärzte hin, denn Napoleon war die verbreitete Ausdrucksform der Patientendankbarkeit. Wenn jemand viele Patienten hatte, dann hätte er Tag und Nacht trinken können und doch nicht alles geschafft. Da hatte der Staat ein Einsehen. Auch das war ein Zerfallssymptom, aber wir beachteten es nicht. Napoleon lag einfach jenseits unserer Reichweite, außerdem sollte er dem Mythos zufolge nach Mäusen stinken. So wie Whisky. Ungefähr zu jener Zeit ließen wir die Finger vom Starowin Lubuski und begannen, Goldherbst zu trinken. Wie üblich war er zuerst vorzüglich. Wir tranken auch unseren polnischen Calvados und stellten uns vor, es wäre »Nacht in Lissabon« oder Pluszowy wäre Rawik, und ich der andere, oder umgekehrt. Manchmal mußten wir uns von all diesen ehrgeizigen Lektüren erholen und wieder ein Stück ins wirkliche Leben zurück. An Pfeifentabaken gab es der Reihe nach: Best, Premium, Bosman, Neptun und Kapitän sowie Amphora in vier Sorten – grüner, roter, brauner und blauer. Schichtkäse gab es in zwei Varianten: Fett und mager. Quarkzubereitung, glaube ich, in vier: Normal, Vanille, Erdbeer und Kaffee. Leider kann ich mich nicht an die Preise erinnern, denn sie änderten sich abnorm häufig. Räucherlachs war wie üblich höllisch teuer. Aber russischen Sekt konnte sich jeder leisten. Am übelsten war grusinischer Tee. Popularna war billiger, aber besser. Leider tauchte russischer Sekt gewöhnlich nur um Silvester herum auf. Im Sommer gähnende Leere. Bier wurde im allgemeinen warm serviert, aber man war froh, überhaupt welches zu bekommen. Am seltensten waren wir in Wola. Dort gab es nichts. Die Ausfallstraße nach Poznań, das ist alles. Von uns fuhr übrigens niemand nach Poznań. Wozu auch. Auch Żoliborz lockte uns nicht besonders. Die Ausfallstraße nach Gdańsk, das ist alles. Ochota eine Weile schon. Dort passierte einiges, aber das gehört nun nicht in diese Erzählung. Na, und die Ausfallstraße nach Krakau, nach Süden. Die stand neben der Lubliner zweifellos am höchsten im Kurs. Süden und Osten. Da bietet sich wieder eine Metapher an, aber ich verkneife sie mir. Wir hatten damals keine Platte von The Ramones. Irgendwelche einzelnen Stücke. Nicht ausgeschlossen, daß uns allen sonst ein anderes Schicksal geblüht hätte. Wer kann das wissen? Oder wenn die Schriften Max Webers so zugänglich gewesen wären wie heute. Oder wenn damals im Palladium-Kino *Smoke* gelaufen wäre. Wayne Wang hätte ihn nur früher drehen müssen. Dagegen ist sicher, daß Derrida keinen Einfluß auf uns gehabt hätte. Nicht die Bohne. Genauso wie niemand von uns, nicht einmal in seinen schwärzesten Visionen, auf die Idee gekommen wäre, nach Schlesien zu fahren. Nur scheinbar führten wir ein Leben ohne Prinzipien. Eines Abends beschlossen Karol und ich, etwas zu tun. Zu dem Zweck fuhren wir von Grochów in die Innenstadt. Guckten mal hier, mal dort vorbei, wie üblich. Wir lungerten auf dem Hauptbahnhof herum, aber die Wirklichkeit sandte keine besonders ermutigenden Signale aus. Eben eine Nacht wie jede andere. Damals hatte ich ein gutes Gedächtnis und brauchte kein Notizbuch. Ich wusste alle Telefonnummern, wenigstens die, die ich benötigte. Wir riefen an, einmal ich, dann Karol. Nichts Weltbewegendes. Da gingen wir in die Marszałkowska und steckten die Hände in die Taschen. Die Zeit verging, es war Juni, und in einer Stunde sollte es hell werden. Da sagte Karol: »Wollen wir auf den Kran?« – »Waren wir doch schon,« erwiderte ich. »Aber auf den da,« antwortete Karol. Sie bauten damals gerade das Marriott und hatten so einen Kran da hingestellt. Sah ganz anständig aus. Das heißt, man sah ihn gar nicht ganz, denn die Spitze verschwand irgendwo in der Dunkelheit. Jedenfalls musste er höher als das Marriott sein. Das verlangte die Logik des Baus. Warum nicht, sagte ich. Wir kletterten und kletterten. Eine Stunde bestimmt, denn es wurde schon hell. Solche kleinen Sprossen. Schließlich waren wir oben. Dort wehte es ganz schön. Der Hauptbahnhof sah aus wie eine Schachtel Zigaretten. Ich sah mir meine Stadt von oben an und wußte, höher komme ich nicht mehr. Und damals überlegte ich, vielleicht doch wegzufahren und endlich Schriftsteller zu werden. Einen Monat später habe ich das getan. Ach, und noch etwas. Bevor wir nach oben kletterten, hatten wir beschlossen, die Flaschen unten zu lassen.

*

Und das ist das Ende des ersten Teils meiner Autobiographie. Bald werde ich sicher mit dem zweiten beginnen, denn das ist eine ungemein angenehme und fesselnde Beschäftigung. Im nächsten Teil wird zwangsläufig mehr von der Literatur und dem Schreiben die Rede sein, weniger dagegen vom Leben an sich und vom Rock 'n' Roll. Dafür viel von Schriftstellern, Kritikern und Redakteuren, denn von denen habe ich in unglaublich kurzer Zeit eine schwindelerregende Anzahl kennengelernt, obwohl ich ganz abgelegen wohne. Dieses Paradox will ich noch ergründen. Außerdem, eine Autobiographie ohne Helden aus Fleisch und Blut ist keine Autobiographie, sondern nur eine Art Rückblick.

25. September - 8. Oktober 1998, Wołowiec

9 *Praga* Warschauer Arbeiter- und Industrieviertel am rechten Weichselufer, gegenüber dem Stadtzentrum gelegen.

Ciociosan Bulgarischer Wermut, den es im kommunistischen Polen überall zu kaufen gab.

10 *Barbakan* (dt. Rondell) Rundes Bauwerk, Teil der mittelalterlichen Festungsanlagen in Warschau, wurde 1953 nach alten Plänen rekonstruiert.

11 *Alpaga* Billigster Obstwein heimischer Produktion, mit Zusatz von Sulfat, sehr beliebt zu kommunistischen Zeiten.

15 *Jits* (poln. gity) Jugendliche Subkultur der siebziger Jahre in Polen, die ihre Vorbilder aus dem kriminellen Milieu bezog. In dem Namen steckt das Wort *git* – gut (aus dem Jiddischen).

Wojaczek, Rafał Polnischer Lyriker, 1948 geboren, nahm sich 1971 das Leben. Beschreibt in sarkastischem Stil Obsessionen von Tod und Häßlichkeit der Welt.

17 *PEWEX* Polnisches Äquivalent des Intershops, in dem man gegen Devisen Westwaren kaufen konnte.

19 *Empik* Abk. *Międzynarodowy Klub Prasy i Książki* (Presse- und Verlagskaufhaus)

21 *FSO* Abk. von *Fabryka Samochodów Osobowych*. Pkw-Hersteller in Żerań (Warschau). Produzierte u. a. den Warszawa und die Syrena.

23 *Stachura, Edward* Polnischer Lyriker und Kultautor, 1937 geboren, nahm sich 1979 das Leben. Seine Helden schwanken zwischen Lebensbejahung und Abscheu vor der modernen Zivilisation.

70 *Sonderlinge (Odmieńcy)* 1982 erschienener Band von Maria Janion und Zbigniew Majchrowski aus der Serie *Transgresje*, die sich Grenz- und Norm-Überschreitungen literarischer, biografischer und existentieller Art widmete.

79 *Kraszewski, Józef Ignacy* (1812-1887). Verfasser zahlreicher historischer Romane mit großem Einfluß auf die weitere Entwicklung der polnischen Prosa.

Reymont, Władysław Stanisław (1867-1925). Polnischer Prosaautor (*Das gelobte Land*). Für sein Epos *Die Bauern* bekam er 1924 den Nobelpreis.

Kwaśniewski, Rafał Polnischer Rock-Gitarrist. Spielte in verschiedenen Bands, 1987 mit dem *Dezerter* (vgl. Anm. zu Seite 85).

Miłosz, Czesław 1911 in Litauen geboren. Der wohl bedeutendste polnische Lyriker, Prosaautor und Essayist des 20. Jahrhunderts. (*Verführtes Denken*, dt. 1953; *West- und Östliches Gelände*, dt. 1961). 1980 Literatur-Nobelpreis.

Remont Musikclub mit Kneipe in der Waryńskiego-Straße in Warschau.

85 *Dezerter* Polnische Rockband, gegründet im Mai 1981 unter dem provokativen Namen »SS 20« (nach der sowjetischen Nuklearwaffe). Umbenennung in »Dezerter« (= Deserteur) nach Verhängung des Kriegsrechts in Polen. Die Gruppe spielt bis heute.

Skandal Spitzname von Darek Hajn, Sänger der Band *Dezerter.*

89 *Kuroń Jacek* 1934 in Lemberg (Lwów) geboren. Einer der bedeutendsten Oppositionellen in der VRP. 1976 Mitbegründer des Komitees für die Verteidigung der Arbeiter (KOR), seit 1980 Berater der Solidarność. Nach der Wende

Minister für Arbeit und Soziales. Heute Sejm-Abgeordneter der Freiheitsunion.

ZOMO Für ihre Brutalität berüchtigte motorisierte Milizeinheit.

91 *Galiński, Krzysiek* Herausgeber der größten anarchistischen Monatsschrift *Mać pariadka* (Mutter der Ordnung) in Danzig. 1997 bei einer humanitären Hilfsaktion in Tschetschenien entführt und erst nach internationalen Bemühungen freigelassen.

93 *Kołakowski, Leszek* 1927 in Radom geboren. Philosoph und Marxismuskritiker (*horror metaphysicus*, München 1985; *Die Moderne auf der Anklagebank*. Zürich 1991).

94 *Dean Moriarty* Freund des Ich-Erzählers in Jack Kerouacs Kultroman *On the Road* (1957), geschaffen nach dem Vorbild Neal Cassadys.

97 *Solowki-Inseln* Insel-Archipel im Weißen Meer, 160 km vom Polarkreis entfernt. 1923-1939 sowjetisches Zwangsarbeiterlager, in dem zeitweise bis zu 45.000 Menschen interniert waren und Tausende starben.

99 *Kępiński, Antoni* (1918-1972). Polnischer kritischer Psychiater (*Schizophrenie*, 1972; *Melancholie*, 1974).

110 *Stempowski, Jerzy* (1894-1969). Literaturkritiker und Essayist, arbeitete unter dem Pseudonym Paweł Hostowiec mit dem Pariser Verlag *Kultura* zusammen. Die *Eseje dla Kassandry* erschienen 1961 in Paris. Auf deutsch erschien *Bibliothek der Schmuggler*, 1998.

117 *Staff, Leopold* (1878-1957). Polnischer Lyriker und Dramaturg, zur Bewegung des »Jungen Polen« gehörend. Sein erster Gedichtband *Machtträume* ist stark von Nietz-

sche beeinflußt. Übersetzte außer Nietzsche zahlreiche andere westliche Autoren.

Przybyszewski, Stanisław (1868-1927). Führender Vertreter der naturalistisch-symbolistischen Bewegung des »Jungen Polen«, schrieb auch auf deutsch.

120 *Pavel, Ota* (1930-1973). Eigentlicher Name: Popper. Tschechischer Sportreporter und Autor. Kam mit 33 Jahren in psychiatrische Behandlung und schrieb Erzählungen (*Der Tod der schönen Rehb*öcke, dt. 1973; *Wie ich den Fischen begegnete*, dt. 1976)

121 *Die Reise nach Petuschki* Roman von Wenedikt Jerofejew (1938-1990) (russ.: Moskwa – Petuschki, 1969) Das Werk, in dem das Erlebnis des Alkoholrauschs zum Medium des Erzählens wird, hatte im russischen und osteuropäischen Untergrund Kultcharakter.

Aussprache der polnischen Eigennamen

Die Betonung liegt stets auf der vorletzten Silbe.

ą	–	wie on in französisch »ballon«
ć	–	wie ts, auch vor k
c bzw. ci	–	etwa wie tj, zu einem Laut zusammengezogen
ch	–	hart wie in deutsch »Dach«
cz	–	wie tsch in deutsch »Kutsche«
ę	–	wie in in französisch »bassin«
h	–	wie ch in deutsch »Docht«
ł	–	wie w in englisch »water«
ń	–	etwa wie nj in »Cognac«
ó	–	wie u in deutsch »gut«, aber kürzer
rz	–	wie j in französisch »journal«
s	–	scharfes s
ś bzw. si	–	etwa wie sj, zu einem Laut zusammengezogen
sz	–	wie sch in deutsch »Schule«
ź bzw. zi	–	stimmhaft, etwa wie sj, zu einem Laut zusammengezogen
z	–	stimmhaft, wie s in deutsch »Rose«
ż	–	wie j in französisch »journal«